DE LA MÊME AUTRICE

FOND PERDU, entretien avec Tony Côme, Éditions Magnani, 2023

LA MAISON NUE, *bande dessinée*, Éditions Magnani, 2022

POSTILLONS, poésie, Éditions Magnani, 2022

LES PETITS, *livre illustré*, Éditions Magnani, 2020

LES FAUX PAS, *livre illustré*, Éditions Magnani, 2019

LES AMOURS SUSPENDUES, *bande dessinée*, Éditions Magnani, 2017

L'HOMME EN PIÈCES, *bande dessinée*, Éditions Michel Lagarde, 2011, Éditions Magnani, 2016

LES COQUINS, *livre illustré*, Éditions Magnani, 2014

LA TENDRESSE DES PIERRES, *bande dessinée*, Éditions Magnani, 2013

LE TABLEAU, *livre jeunesse*, Éditions Magnani, 2012

NAPPE COMME NEIGE, *livre jeunesse*, Éditions Notari, 2012

DU MÊME BOIS

MARION FAYOLLE

DU MÊME BOIS

roman

nrf

GALLIMARD

À ma famille

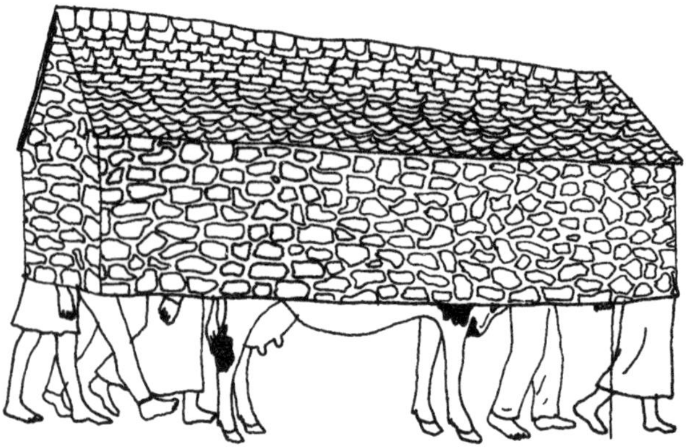

La ferme

La bâtisse est tout en longueur, une habitation d'un côté, une de l'autre, et au milieu une étable. Le côté gauche pour les jeunes, ceux qui reprennent la ferme, le droit pour les vieux. On travaille, on s'épuise, et un jour, on glisse vers l'autre bout. C'est plus pratique, il y a une chambre au rez-de-chaussée, les escaliers sont moins raides, les pièces semblent disposées pour vieillir. Et puis, quand l'un meurt, le mari souvent, les enfants sont à l'autre bout, ça rassure, ça évite la solitude, ils regardent en passant s'il y a de la lumière, si les volets sont ouverts, si le linge est étendu, ils s'arrêtent en coup de vent pour mettre des bas à varices, recompter les cachets pour la tension et s'agacer un peu des oreilles qui ne les entendent plus.

Et un jour, ils remarquent que c'est devenu dur de se lever la nuit pour les vêlages, que le corps fait mal. Ils le savent, bientôt, ça sera à leur tour d'aménager dans l'aile droite, d'occuper les pièces de la fin de vie. Mais tant qu'il reste la mémé, ça les rassure, c'est qu'ils ont du temps, encore, devant eux. Une étable encore devant eux, avant l'autre bout. Alors, oui, elle est fatigante parfois, la mémé, à ne plus comprendre, à se mêler de tout, à parler du Bon Dieu, mais ils en prennent soin parce qu'ils ne sont pas pressés qu'elle laisse sa place, que le temps qui passe les fasse déménager à droite et dormir dans le lit où sont morts les parents, les grands-parents, les arrière-grands-parents et les arrière-arrière-arrière.

Les enfants courent pour relier les deux bouts, ramener des œufs frais aux parents, des casseroles vides à la mémé. Ils trébuchent dans les calades et regardent leur avenir à travers ses vitres.

Ici, on fait toute sa vie sous la même toiture, on naît dans le lit de gauche, on meurt dans celui de droite et entre-temps, on s'occupe des bêtes à l'étable.

Elles sont alignées et rangées, elles aussi selon un cycle. En entrant, les petits veaux, plus loin, les génisses, ensuite, les mères et, au fond, les vieilles qui partiront bientôt. Les gamins apprennent tôt le métier, ils déambulent avec des bâtons derrière cette collection de culs. Ils savent ce que racontent leurs vulves, quand ça gonfle, quand ça saigne, quand les queues se lèvent, que les reins se creusent, quand il faut appeler les parents, que la vache a le mal du veau. Ils voient naître et ils voient mourir, parce que parfois ça arrive et qu'il faut bien s'endurcir.

Ils voient aussi vieillir la mémé, on ne la leur cache pas dans une maison de retraite, et il faudra qu'ils soient forts si c'est eux qui la trouvent inerte un jour en ramenant quelques gamelles vides. La mort des veaux, tout petits, tout mignons, ça les entraîne à accepter la mort des anciens, comme ils disent.

La gamine

C'est une de ses meilleures vaches, aucun vice, des vêlages toujours faciles, jamais de mammite, des veaux qui profitent bien. Mais là, on ne la reconnaît pas. Le père lui approche le veau, elle envoie les postérieurs, elle balance les cornes. Qu'elle est mauvaise, poussez-vous, les petites, ne restez pas là. Il lui parle en patois, la rassure. Ce veau, on ne sait pas pourquoi elle ne veut pas le voir. Si elle n'était pas attachée, elle le tuerait, il en est sûr. Mais qu'elle est mauvaise. Si c'était son premier veau, il ne la garderait pas, il n'aurait aucun regret à s'en séparer, mais là, c'est sa préférée, celle qui a toujours été si douce, qui accueillait même les jumeaux de sa voisine quand elle manquait de lait. Tu te souviens, il dit à sa femme, tu te souviens comme elle était maternelle, l'hiver dernier. Qu'est-ce qu'il a ce veau pour qu'elle refuse de le nourrir ? Il est gros, c'est vrai. Il a fallu le tirer avec la vêleuse, elle avait du mal à s'en dégager. Il s'en veut, il n'a pas bien choisi son taureau, celui-là fait des veaux trop costauds, ça abîme ses vaches, il ne pouvait pas savoir, et là, ça s'est bien fini, le veau n'a pas souffert, la mère va bien. Alors pourquoi elle ne l'a pas nettoyé avec sa langue, pourquoi elle n'a pas voulu le regarder, le respirer, pourquoi elle est devenue aussi mauvaise ?

D'habitude, il est toujours un peu attendri, il regarde de loin la mère et le petit se rencontrer, se lécher, il se félicite quand le veau tient déjà debout et réussit à prendre le pis. Dans la pénombre de l'étable, ce jour-là, il ne reconnaît pas sa bête. Rentrez les petites, ne restez pas là, c'est pas beau à voir.

La vache bouscule son petit. Il tient à peine sur ses pattes trop longues et fragiles, sur ses pattes comme des béquilles et, alors qu'il vient chercher la chaleur de sa mère, elle s'agite, le menace avec ses cornes, fait claquer ses chaînes et propulse ce petit corps tout neuf, encore couvert de sang, sur le sol froid de l'étable. Qu'elle est mauvaise, ne restez pas là, les petites, rentrez. Qu'elle est mauvaise. Elle va le tuer si on la laisse faire. Qu'est-ce qu'il a ce veau pour avoir rendu sa vache aussi mauvaise. Une vache si douce, sans aucun vice, la première de la rangée, celle qu'il a volontairement installée là, à l'entrée de l'étable, pour pouvoir voir ses yeux, sa tête, ses oreilles alors que des autres, on ne voit que la queue.

*

L'accouchement dure longtemps, c'est souvent le cas pour un premier. Son bébé ne veut pas descendre, à moins que ce soit elle qui le retienne. La sage-femme lui explique que chaque contraction est un pas du bébé vers elle, qu'il faut l'accueillir. Oui, mais les contractions, elle ne les sent pas. Avec la péridurale, elle ne sent rien, elle ne pousse peut-être pas au bon moment, elle pousse quand on le lui demande et comme on le lui a expliqué.

Elle repense à cette vache, elle aurait dû écouter son père, ne pas rester là, quitter l'étable, ne pas regarder. Elle a peur, elle ne veut pas devenir mauvaise, elle se demande si c'est possible de ne pas aimer son enfant.

On lui demande de se détendre, il faut appeler le médecin, il faudra les forceps, le bébé commence à se fatiguer, on ne sait pas pourquoi il ne s'engage pas davantage, pourquoi, entre chaque poussée, il remonte aussi profondément en elle.

On lui pose sa gamine sur la poitrine, elle aimerait la lécher, elle l'embrasse, la respire, elle se sent si soulagée de ne pas avoir envie de la tuer. C'est tout le contraire, elle ne peut plus la quitter des yeux. Elle fait tout comme les autres mères, et plus encore. Tout ce qu'il faut, elle donne le bain, elle donne le sein, elle fredonne, elle berce, elle garde son bébé contre sa peau, le jour, la nuit, même si c'est pas conseillé. Elle a mal à sa déchirure, mais qu'importe, elle veut que le bébé soit bien, elle veut être là, ne pas l'abandonner, même pour dormir.

La petite ne prend pas beaucoup de poids, et ça l'inquiète. Il lui semble qu'elle se calme moins vite que les bébés des chambres voisines, qu'elle a en elle une sorte d'angoisse, quelque chose de pas normal. Un bébé né avec les forceps ne peut pas être tout à fait serein, elle va s'apaiser, l'accouchement n'a pas été facile pour elle non plus. Elle se tortille, digère mal sans doute. C'est peut-être son lait, et si elle n'était pas assez douée pour nourrir sa fille, elle panique. Elle la remet au sein, la gamine s'énerve vite, n'arrive pas à attraper le téton, se décroche, fait de drôles de bruits avec ses lèvres, elle ne s'endort pas, garde ses yeux ouverts, soutient le regard même, ne s'abandonne jamais, son corps se tord comme un ver, s'enroule, fait des nœuds.

C'est son premier bébé, elle s'inquiète sans doute pour rien. Elle marche pendant des heures dans les couloirs de la maternité, elle lit les numéros sur les portes des chambres, regarde les bébés qui dorment, sereins, les bras levés, elle fait son maximum pour tenter d'apaiser sa petite boule de nerfs mais, au fond d'elle, elle sait. Elle sait que sa gamine a en elle cette chose qu'ils ont tous du côté de son mari et à laquelle on a pas donné de nom.

D'ailleurs, c'est cette fragilité qui pousse son mari à boire et à trop travailler. Elle pensait qu'être père allait le changer, le rendre plus fort et plus présent, mais non. Pour ne pas élever sa gamine seule, elle passe son temps à la ferme, elle retourne finalement chez ses parents.

*

On n'a jamais vu une gamine comme ça, qui ne veut rien avaler, à qui aucun plat ne fait plaisir, même ceux avec des patates, avec du fromage fondu, avec du sucre. Pour la mémé, manger c'est ce qu'il y a de plus important ; cuisiner c'est une preuve d'amour. Alors ça la désole de voir la gamine rester des heures devant son assiette, à tout trier, à tailler les bords de sa viande parce qu'elle les trouve trop durs, à retirer chaque minuscule nerf. Une bonne viande comme ça, des bêtes de la ferme, qui ont grandi là, qui ont eu tout un paysage à brouter, une vie de travail. Et elle, elle en fait des petits tas, elle perfore la chair, enlève des liserés, appuie dessus pour faire sortir le jus. Son morceau de viande ressemble au crochet que faisait l'arrière-grand-mère, elle l'ajoure, en picore de tout petits morceaux. On voit bien qu'elle ne le fait pas exprès, qu'elle a un palais trop délicat, mais quand même, c'est toute sa famille qu'elle dissèque, qu'elle décortique dans l'assiette. Le travail de toute une vie qu'elle abîme, qu'elle recrache, qu'elle n'arrive pas à déglutir, tout cet amour qu'elle refuse d'avaler, c'est ça surtout qui fait mal au cœur.

*

Mais qu'est-ce qu'elle a cette gamine, à toujours chouiner ?

On tape sur le baromètre. Pourvu qu'il pleuve !

Allez, arrête un peu de renifler, tu ne sais même plus pourquoi tu pleures. La mémé sort un mouchoir de son décolleté. Sèche tes larmes, ça suffit maintenant.

On tape sur le baromètre, on regarde le sens du vent,

on attend la bonne lune. Pourvu qu'il pleuve ! On n'a jamais vu le pré aussi sec. Et la source ? Il ne faudrait pas qu'elle se tarisse. Rassure-toi, ce n'est jamais arrivé.

Mais qu'est-ce qu'elle a cette gamine ? C'est pas avec ses chagrins qu'on arrosera le potager. Sinon, on ne s'inquiéterait pas. Il faudrait une pluie fine. Mais là, ça va tomber dru. C'est souvent comme ça sur les hauts plateaux, on vit entre les bras des éclairs. Ça claque, ça fait vibrer la maison : les volets se cognent contre la pierre, les petits se cognent contre leur mère. L'orage a plus de colère encore que l'enfant.

Ça se calme enfin.

L'oncle, le gendre du pépé et de la mémé, fait le tour des parcs. Deux vaches raides sous les grands arbres. Putain.

Quoi ? Pas avant la semaine prochaine ? Mais elles auront le temps de sentir, de gonfler, d'attirer les charognards. Tu ne veux pas rappeler le service d'équarrissage pour insister ? Si la gamine voit ça, on n'a pas fini de l'entendre pleurer.

Rappelle-toi, la dernière fois, elle était convaincue que c'étaient ses colères qui avaient foudroyé les bêtes.

*

On l'emmène chez des guérit-tout, des sorciers. On lui frotte des morceaux de lard sur la peau avant de les enterrer profondément dans la terre, on la fait dessiner son mal pour le brûler dans un grand feu, il paraît que ça marche, que ça aide à se débarrasser de ce qui ronge. La gamine boit des tisanes avec des plantes faites exprès. Elle a rendez-vous chez un type qui promène ses mains au-dessus de son corps, comme un massage mais sans jamais la toucher. Il attrape, par la pensée, les démons de la gamine, et ensuite ça le fait bâiller. Le guérisseur explique que tout ressort par sa bouche et s'en va. Il bâille, il bâille, il bâille, ne s'arrête pas de bâiller. Qu'est-ce qu'il y en a, des choses à faire sortir ! Il faudra revenir, faire d'autres séances pour vraiment la laver, l'apaiser. L'homme ouvre la fenêtre pour que tout ce qui vient de sortir de la gamine sorte aussi de la pièce.

*

Une contrariété et c'est la crise. Ça bouillonne d'un coup, ça ne prévient pas. Ses colères fissurent le Placoplâtre, ses mains s'arrachent des cheveux par poignées, ses ongles strient sa peau, sa tête se balance, elle répète des phrases comme une chanson. Il faut que ça sorte, que ça coule, que ça jaillisse. Sa détresse se répand, descend de sa chambre, dégouline entre les étages. Ses parents ne savent plus comment s'y prendre, ça remonte en eux par capillarité. Elle leur rend une tristesse qu'ils lui ont transmise. On ne sait pas trop d'où elle vient mais elle traîne dans la famille, les sœurs de son père ont la même et l'ont sans doute héritée de plus haut encore. La mélancolie se reproduit, se réplique, se photocopie, ça a dû appuyer fort sur le papier carbone pour que ça transperce autant, que ça laisse des marques sur toutes les feuilles.

La gamine n'a jamais rencontré les sœurs de son père. Ça inquiète sa mère qu'elles déteignent sur la petite, que ça la marque, que ça s'imprègne, que ça s'en aille plus.

Sa mère ne supporte pas les taches, elle met des nappes, des housses, des sous-tasses. Il ne faut surtout pas que ça s'abîme. Ça reste dans des étuis, dans des placards, sous des bâches. Il arrive qu'elle soulève la toile cirée juste pour admirer comme dessous, ça a su rester intact. Elle est belle, quand même, cette table. Et la mère remet le Bulgomme, une sous-nappe, une autre nappe. Avec sa gamine, aussi, elle préfère faire attention, bien la protéger. Elle les a vues, les frangines, se faire déformer par la folie, avoir le regard qui se perd. Ne plus rien supporter, ni la lumière ni le bruit, croire que le monde a été inventé pour les persécuter. Elle préfère épargner la petite, la tenir loin, s'assurer qu'il y ait assez de montagnes pour arrêter leurs éclaboussures, empêcher que ça macule. Elle fait tout pour les faire disparaître. Pourtant, la gamine, sans les connaître, elle les imite. Ça dépasse les massifs, les murs, les nappes, l'entendement. Ça dépasse sa mère.

C'est vain de vouloir la protéger, elle a toujours été tachée, quelque part, en dedans.

Les vaches aussi ont des taches. Il y en a même une qu'on appelle « Pétrougne ». La mémé, elle emploie ce mot-là pour parler des torchons sales, des fichus trop usés, trop troués, qui ont tellement vécu qu'on ne peut plus les rapiécer. Ce n'est pas de l'usure pourtant, ni de la crasse, elle est née comme ça, cette vache, avec toutes ces giclures, tous ces accrocs dans son blanc. La gamine, quand elle regarde son pelage, elle voit plutôt des continents. Ça lui fait penser au globe qu'elle a dans sa chambre, à des terres nouvelles, à des océans. Faire le tour de cette vache, c'est partir en voyage. Il y a, vers ses hanches, des petites îles, un archipel de taches de rousseur. On dirait le même artiste que celui qui a moucheté les épaules de son père. Du pointillisme. Personne ne voit que c'est beau, que cette vache, ce n'est pas un vieux torchon sale mais un tableau, une percée sur le monde, une promesse d'évasion.

La ressemblance

Les enfants, les bébés, ils les appellent les « petitous ». Et c'est vrai qu'ils sont des petits touts. Qu'ils sont un peu de leur mère, un peu de leur père, un peu des grands-parents, un peu des arrière-grands-parents, un peu de ceux qui sont morts, il y a si longtemps. Des petits touts. Tout ce qu'ils leur ont transmis, caché, inventé. Tout. Des bouquets d'histoires, de silences, d'émotions, de gènes, de cellules. Des collages de lèvres, d'oreilles, de regards, de cils, de traits et d'odeurs. Des discordes, des secrets, des réconciliations.

C'est pas toujours facile d'être un petit tout, d'avoir en soi autant d'histoires, autant de gens, de réussir à les faire taire pour inventer encore une petite chose à soi.

Les mères

La mère de la gamine mange en face de la mémé. Un tête-à-tête avec ses propres défauts, avec tout ce qu'elle refuse de devenir. Je te dis que ça ne te regarde pas, tu te mêles toujours de tout. Sa fille aussi lui dit ça. La mère s'énerve contre la mémé, lui en veut d'être pareille, d'être comme elle n'aimerait pas. Ce n'est plus avec sa mère, là, au bout de la table, qu'elle dîne, c'est avec ses propres tares, avec tout ce contre quoi elle lutte qu'elle partage la soupe. La mémé la ressert, elle n'en voulait pas, elle fait ça chaque fois. Stop. La mémé n'écoute pas, remplit son bol, ça déborde. Je te dis que j'en ai assez. C'est vrai qu'elle en a assez des ressemblances avec la mémé, qu'elle a été bien servie, que maintenant ça suffit, que le reste, elle peut le donner au chien, qui attend devant la porte et ne demande que ça. La mère pourrait renverser son bol, la table, partir ; mais non, elle reste là, à s'agacer devant ses défauts, à se regarder, à voir là où ça ne va pas, à exiger des efforts. Comme si changer sa mère, ça allait la changer, comme si ça marchait comme ça. La mère de la gamine soupire, s'exaspère, lève les yeux, ne la supporte pas. Mais, toujours, revient, prend soin de sa mauvaise image, lui donne le bras, lui enfile ses manteaux, la conduit chez la coiffeuse. Tu as vu comme ça me va bien, cette coupe ? C'est presque la même que toi. Voilà que la mémé l'imite, qu'elle se coiffe tout pareil, qu'elle décalque les traits de jeunesse de sa fille, s'accroche à son bras comme à un souvenir d'elle-même. Il faut voir comme elle boite, la doublure, comme elle est toute fragile, comme elle est sourde. Quand la mère de la gamine s'agace, qu'elle dit à la mémé des mots qu'on regrette, il n'y a qu'elle qui s'entend. Sa voix qui revient à elle, ça la fait s'écouter, ça lui fait de la peine de s'entendre se dire ça.

Elle se souvient de la mémé qui prenait soin de sa mère, qui lui faisait ses repas, qui l'aidait à glisser les pinces dans ses chignons, qui peut-être ne la supportait pas mais qui ne le disait pas. Ou alors, on a oublié.

Des femmes généreuses et aimantes comme la mémé, elle n'en connaît pas d'autres. Il paraît qu'elles se ressemblent, toutes les deux. La mémé est touchante, de dos, à remuer dans ses faitouts, à faire comme si elle n'avait pas entendu que sa fille ne voulait pas rester.

*

Dehors, les gamins se donnent rendez-vous, ils partent dans les bois, se faufilent entre les arbres, cherchent un coin pour leurs cabanes. Ici, c'est bien. Tu es sûr ? Il y a déjà un Velux, là, inventé par les branchages. Ils ont récupéré quelques palettes, ça fera des murs. Les petites mains s'affairent, celles qui tiennent, celles qui plantent les clous, celles qui nouent. Et pour le toit, on pourrait tresser du genêt, je connais un endroit où il y en a plein. La gamine fait des plans dans des carnets. Elle en a, des idées, c'est ce que dit la mémé. On pourrait construire une chambre pour le chien, une autre pour les chats. La brouette couine, c'est l'autre équipe qui ramène des robinets sans eau, des casseroles sans fond, des boîtes sans conserve. Les anciens jetaient tout ça dans le clapas, derrière la ferme, pour nourrir les éboulis de pierres, comme si la montagne savait se délecter de leurs détritus. Les petites mains pêchent dans ce torrent de rochers, se faufilent entre les grumeaux de la terre, font remonter la ferraille, découvrent des souvenirs à peine cachés dans les failles. Elles font vomir le sol, elles font cracher les pierres. Une godasse qui a perdu sa jumelle, des sièges de machines, beaucoup de poêles, de marmites, des objets survivant aux anciens. Les parents leur ont interdit d'y aller. C'est là-bas que l'oncle balance les bêtes crevées, qu'elles gonflent, qu'elles attendent, elles aussi, que la montagne les croque. Ou plutôt les renards, les rapaces, on ne sait pas très bien. C'est dangereux, les petits, n'allez pas vous faire mordre, ça grouille dans les trous, ça vit dans les grottes, c'est rempli de vipères, vous allez vous tordre les chevilles. Mais c'est trop tentant d'aller interroger les pierres, de braconner le passé, d'en remplir des brouettes.

Les enfants mettent la table, cuisinent dans les casseroles rouillées des soupes de mousse, de petits cailloux, de bouts de forêt. Ça sent bon. On peut aller chercher les invités. La tante, l'oncle, la mémé, le pépé s'assoient sur des souches, le chien essaie sa chambre, elle a l'air de lui plaire. Ça ne leur plaît pas par contre, aux parents, quand ils devinent d'où viennent toutes ces gamelles, ces robinets. Ils se fâchent fort, leur font promettre de ne pas recommencer.

Puis les invités boivent la soupe en la vidant par terre, qu'est-ce qu'elle est bonne ! Ils font tout comme si c'était un dimanche, s'engueulent, chantent, boivent le café. Il faut déjà qu'ils rentrent pour aller donner aux bêtes. Les enfants leur font signe entre les murs de palettes, comme s'ils habitaient là, comme si, ce soir, ils allaient dormir dans la forêt, comme s'ils étaient devenus assez grands pour s'éloigner d'eux. Et c'est vrai qu'ils sont grands dans leur petite maison, obligés de s'accroupir pour ne pas transpercer la toiture.

Allez, la nuit tombe, il faut rentrer. Vous allez vous faire dévorer par des sangliers.

*

Les parents craignent qu'un jour, les gosses ne reviennent pas, qu'aucun d'entre eux ne reprenne la ferme, qu'ils s'en aillent tous, qu'ils descendent vivre dans des vallées, qu'ils se disputent, qu'ils divorcent, que la famille se brise comme se brise la roche. Le paysage craque, se déchire, les blocs de basalte se lâchent la main, s'abandonnent dans les pentes, dévalent en solitaire. Que c'est triste, ces montagnes qui regardent vers la ferme en pleurant des cailloux.

La mère de la gamine est vigilante, elle guette les failles, empêche que ça tremble. Elle dit que la montagne se brise d'avoir voulu parler, que c'est parce qu'elle ouvre trop grande la bouche que sa croûte se désunit. Alors si le ton monte, que ça commence à se dire les choses, elle exige le silence. La gamine essaie de tout garder pour elle, de faire comme on le lui demande mais c'est sans qu'elle le veuille que ça jaillit, que ça fait éruption ; sa montagne se lézarde d'avoir voulu se taire. Entre elle et sa mère, c'est compliqué, elles opposent leurs efforts. L'une gèle, l'autre dégèle. C'est comme ça que se brisent les familles.

*

Restez par là, jouez plutôt à côté de la ferme, qu'on puisse vous surveiller. Les gamins se glissent dans les carcasses de voitures, sous les sapins, à deux pas de la porte d'entrée. Le plus grand monte côté conducteur, les petits sont à l'arrière. Ils s'imaginent partir en vacances. Ils n'ont jamais vu la mer. L'été, avec les foins, avec les bêtes, c'est pas possible d'aller sur la côte, même quelques jours. Et puis, qu'est-ce qu'ils iraient y faire ? Les gamins reçoivent des cartes postales des copains. Je m'amuse dans les grandes vagues et le soleil brille. Allez, on décolle, direction la plage. La mémé les regarde de loin, les surveille un peu. Vous n'avez pas froid ? Ils passent l'après-midi dans la fourgonnette, et peu importe si elle n'a pas de roues, si des fougères et des épilobes ont poussé à l'intérieur, si les sièges sont recouverts de mousse. Peu importe. Peu importe si elle n'avance pas. Les gamins se relaient pour la conduire et les parents ont beau leur faire signe pour qu'ils viennent manger, ils ne les entendent plus, ils sont déjà loin.

La tante et la mère de la gamine aussi s'inventaient des voyages quand elles avaient leur âge. On y croyait davantage : la carrosserie était moins rouillée, la nature ne s'était pas encore invitée à l'intérieur. Cette fourgonnette, elle contient toute leur adolescence. Elles y ramenaient des copains, les embrassaient sur la banquette arrière, fumaient leurs premières cigarettes en s'imaginant rouler à fond sur l'autoroute. Mais ni elles ni le fourgon n'ont jamais vu la Méditerranée. C'est pas très loin pourtant. Quand elles seront à la retraite, elles s'inscriront peut-être à une sortie organisée.

Est-ce qu'elle sera encore là, dans des années, cette fourgonnette ? Est-ce que les enfants des enfants pourront la conduire jusqu'aux grandes plages de Camargue ? Regardez comme elle s'enlise dans le paysage, on ne pourra bientôt plus distinguer l'avant de l'arrière, dire si elle est sur le départ ou sur le retour. La forêt pousse à l'intérieur, pousse les souvenirs, les mauvaises herbes s'allongent sur la banquette, prennent la place des jolis garçons. Les racines s'y mettent à plusieurs pour ne pas les laisser partir, ni la fourgonnette, ni les gamins dedans.

*

Dans la cuisine, la mère de la gamine parle de ce qu'elle doit faire, fait des listes, les répète tout haut, ça raccroche le premier avec le dernier mot, ça invente des boucles, ça devient infini, ça l'affole. Elle rejoint la mémé, elles échangent leurs listes, les font se regarder, se rassurer. Le ménage, les lessives, le repassage, les repas, maudits repas qui reviennent trois fois par jour, quatre-vingt-treize fois par mois. Elles ont les mêmes listes, les mêmes invasions. Vous pensez que ça se fait tout seul, tout ça ? Et la gamine qui aurait l'âge de les aider mais qui ne les aide pas. Elles ont beau lui montrer comment ça se lave, des toilettes, comment ça se cuisine, des repas. Tu pourrais au moins mettre la table, il faut qu'on t'explique tout. Comment tu feras quand tu seras en ménage ? Elles le plaignent, déjà, le pauvre homme qui tombera sur leur gamine. Elle ne voit pas quand c'est sale, n'a pas la tête faite pour ça. La sienne fait des listes aussi, mais de mots inutiles, de rêves, d'idées qu'elle note dans des carnets. Elle ne saura jamais tenir une maison, ça s'ajoute à leurs inquiétudes. Parce qu'au verso de la liste des choses à faire, il y a celle des inquiétudes. Plus longue encore, qui s'entortille, qui fait des lassos, des tentacules, qui aimerait enlacer les gosses mais les étrangle. Des boas sortis de leur ventre pour les amarrer là. Le soir, la gamine ouvre les fenêtres, fait bâiller la maison, laisse les serpents s'enfuir.

Des couleuvres, des vipères, il y en a plein derrière la ferme, ils ont trouvé des mues. Le pépé leur a appris à taper fort avec les pieds pour les chasser. Quand ils jouent dans les hautes herbes, ils font vibrer le sol, ils frappent, ils sautent. Vous allez vous faire mordre, restez là où la pelouse est bien coupée. Mais ils n'ont même pas peur. Ils en ont vu, endormies au soleil, sur les rochers, ils les ont observées de tout près. Ils ne savaient pas que ça pouvait rester comme ça sans bouger. Les inquiétudes des mères rampent, grossissent, n'hibernent pas, les suivent jusqu'à l'école, les retiennent par le bras.

Quand c'est le pépé qui croise une vipère, il la tue, il ne réfléchit pas.

Regardez, les petits, on pourrait la jeter aux poules. Alors, la gamine, elle lance la longue queue dans le poulailler, regarde les becs se la diviser, se la disputer, avaler d'un coup toutes les angoisses.

Le beau-frère

Le voisin accuse le chien de tuer ses moutons. Le chien avec sa tête toute sage, ses oreilles pendantes qui lui font comme des cheveux, sa grosse langue toujours dehors. Le chien, tout pataud, que l'oncle a acheté pour aller à la chasse mais qui ne chasse pas, qui le suit partout, qui a grandi avec les gosses, qui dort avec les chats. Un chien pas castré, pas attaché, de chasse en plus, ça court, ça peut devenir dangereux. Vous le trouvez mignon mais votre chien, je l'ai vu s'en prendre à mes agneaux. C'est vrai que ce chien, il a ses têtes. Quand il n'aime pas, il n'aime pas et peut devenir féroce. Il avait failli mordre le curé, mais ça avait fait rire les gosses parce que le curé, ils ne l'aimaient pas beaucoup non plus et qu'il venait souvent, et qu'il restait, et qu'il mangeait, et que c'était un peu envahissant à la fin. Ce chien, il comprend tout derrière ses oreilles trop longues, il réfléchit, il a l'œil malin. Mais peut-être qu'il a raison le voisin, peut-être qu'il est devenu fou et que, maintenant qu'il a goûté au sang, il va dévorer le troupeau entier si on ne fait rien.

L'oncle lui a attaché ses longues oreilles devant ses yeux pour ne plus croiser son regard si humain et, avec son fusil, il l'a tué, son chien.

C'était pas bien facile mais qu'est-ce qu'il pouvait faire de mieux ? Ce chien qui comprenait tout et qui faisait partie de la famille, l'oncle ne pouvait quand même pas l'enfermer, l'attacher, le laisser tout le temps dans le noir de l'étable.

Ça lui était arrivé une fois, d'avoir dû faire abattre une vache, elle avait chargé sa femme, l'avait envoyée à l'hôpital et avait failli laisser les gosses orphelins. La mémé avait beaucoup pleuré. Un monsieur était venu la chercher, il avait dû lui bander les yeux pour réussir à la faire monter dans son camion. Quelque chose dans sa tête s'était mis à déconner ; même avec les autres vaches, elle était devenue agressive. Dans la bétaillère, ça tapait, ça cognait, l'oncle craignait que la folie transperce la tôle mais qu'est-ce qu'il était soulagé de la voir s'éloigner et disparaître au bout de la route.

*

Quand ça arrive à un humain, d'avoir un truc qui tourne pas rond, c'est plus compliqué, on ne peut pas le faire disparaître. La mémé, elle le sait. Elle vit avec son beau-frère. Il a une pièce à lui, cachée, juste derrière leur cuisine, mais ça ne le fait pas disparaître. Ses ronflements passent à travers les cloisons et c'est pas facile de voir son beau-frère ne rien faire pendant que son homme se tue au travail, de le voir défaire, comme un gamin, les piquets de clôture que son homme a passé la semaine à planter. Il est malade, on ne sait pas trop de quoi. Pas fini, on dit. Il n'a jamais pu travailler ni trouver de femme pour supporter ça. Alors c'est la mémé qui le supporte, qui lui donne les restes, qui le ramasse dans le couloir quand il a trop bu, ça ne l'amuse pas beaucoup mais, en venant à la ferme, elle savait qu'il fallait l'accepter, que, quand les parents ne seraient plus là, ça serait à elle de veiller sur cet enfant qui ne vieillirait pas. Sur ce « taberlo », comme on l'appelle au village.

*

De dos, le pépé et son frère, on pourrait les confondre, ils portent les mêmes casquettes, les mêmes bleus de travail, pourtant il y en a qu'un sur deux qui travaille. Avec leur corps, ils ne s'y prennent pas pareil. Le pépé est fier, tendu vers le haut, droit comme les étais qui soutiennent le plancher sous le poids des tracteurs. Ça se voit, même de loin, qu'il est solide, que c'est lui le plus gaillard. On dirait que c'est fait exprès, que ses parents l'ont conçu pour que son frère puisse s'y adosser. Lui, il est tout bancal, il ne sait jamais quoi faire de ses bras, il les laisse pendre, on les croirait décrochés de son buste. À force de regarder par terre, son dos a pris la forme de sa timidité, il s'est ratatiné. Il marche aussi tordu que dans sa tête. Il a des yeux qui regardent à l'intérieur, qui s'accrochent à personne, qui ne voient pas tout ce que le pépé et la mémé font pour lui. Les deux frères se ressemblent mais on ne peut pas les confondre, il y en a un qui travaille dans la plaine, l'autre qu'on préfère cacher dans la pièce du fond.

*

On ne lui a jamais connu de femme. Même pas une, comme ça, qui lui aurait expliqué comment ça marche. Il a passé l'âge maintenant et, quand il traîne au bal, ce n'est plus pour les femmes mais pour les boissons. Dans sa tête, c'est resté un gamin. Alors, vous imaginez bien que ce n'est pas facile quand il y a un si grand écart d'âge entre le corps et le dedans.

La mémé, elle trouve que c'est quand même un peu dangereux qu'il ait le droit de chasser. Pour le moment, il n'a pas fait d'accident. Il rapporte des faisans, des belettes, des renards, des lièvres, qu'il suspend à son plafond. Une femme ne supporterait pas ça, mais puisqu'il y a renoncé. On entend sa voix grave parler toute seule derrière la cloison. Ne faites pas attention, les petits, c'est à cause de la solitude, vous savez. Mais un jour la mémé, en lui apportant des légumes, elle a vu qu'il y avait une poule faisane sur la table en face de lui. Une vivante, qu'il n'avait pas tuée, avec des plumes, des ailes, un bec et que c'était avec elle qu'il discutait. Le pauvre homme.

S'amouracher d'une poule, la faire grimper sur sa chaise, la laisser boire dans son vin. La mémé était sûre qu'il conversait avec le vide et ça l'a presque rassurée qu'il y ait quelque chose de vivant pour l'écouter. Même si ce n'est pas très propre, une faisane, que ça chie un peu partout. Cette poule, elle a des yeux pour répondre aux siens et ça ne lui était jamais arrivé. Alors, le pépé et la mémé, ils ne savent pas trop quoi en penser. Depuis qu'il vit avec sa faisane, il oublierait presque de se soûler.

Elle le regarde avec des yeux qui sont toujours d'accord, qui ne le jugent pas. Des perles marron cerclées de roux.

Ça lui va bien, au beau-frère, qu'elle ne parle pas. Il n'a jamais su quoi leur dire, aux filles. Il n'a jamais su quoi dire aux gens, en général. Il passe ses gros doigts entre ses plumes bigarrées, la soulève et la pose entre ses cuisses pour l'admirer de plus près encore. Il reste comme ça, des après-midi entières, à l'ombre du fayard, à dorloter sa poule, dans la cour de la ferme pendant que les autres triment.

Ses grosses mains sont donc capables d'un peu de tendresse, on n'aurait jamais cru. Il faut voir comment il est avec son chien, à toujours crier, à le menacer avec un bâton. L'animal est devenu méchant d'être tombé sur lui. Les petits passent des journées à lui courir après, à tenter de le bloquer dans un coin de l'étable pour le caresser. Mais ils ne sauront jamais s'il a le poil doux. La bête gronde, montre les dents et se faufile sous les tracteurs, là où on ne peut plus l'atteindre.

L'orphelin

La gamine ouvre le tiroir du buffet. Celui qui contient les albums de famille, elle peut passer des heures à les regarder, à s'imaginer comment c'était avant.

Là, c'est le pépé ? On le reconnaît à peine, qu'est-ce qu'il était beau ! Dans celui-ci, les photos ont toutes été prises au même endroit, juste devant la façade. On croirait que les pierres noires tout autour des visages dessinent d'autres têtes, des ancêtres dans les murs, des profils d'inconnus. D'ailleurs, c'est qui ce gosse, là, que la mémé, jeune alors, tient par la main ? Il a juste une tête de moins que les deux sœurs. Regarde, c'est lui, là aussi, dans l'étable. Vraiment ? Je ne le reconnais pourtant pas. Ah si, peut-être à son regard clair.

On dirait que le gosse regarde les hirondelles faire leur nid sur la poutre de l'étable, accrocher leur maison d'été, se réfugier là, en compagnie des vaches, en compagnie de ceux qui en prennent soin.

Il faut dire que lui aussi, il y est attaché, à la ferme, lui explique la mémé. Tu n'as qu'à voir comme il se cramponne au pépé, même si ce n'est pas son père, comme il se tient à mon bras, même si je ne suis pas sa mère. La sienne est morte et son père ne l'était pas encore, mais c'était tout comme. Pauvre petit. Il a toujours été travailleur, tu sais. Là, il apprend à réparer les tracteurs, à faire les foins, à rentrer le bois, à nourrir les bêtes, à racler l'étable.

À force de traîner avec le pépé, de tout faire pareil, on croirait son fils. C'est flagrant sur cette photo.

Ils ont la même démarche, le même regard timide qui fuit vers le bas, les mêmes pulls tricotés par la mémé.

Le gosse se décalque sur le pépé, encore jeune homme. Lui se laisse faire, lui offre ses traits.

Il aurait aimé avoir un fils.

On a besoin de modèles, d'une image à recopier, de personnes pour prendre la pause, pour se laisser dérober. La gamine aussi, quand elle dessine, elle a besoin d'un modèle. Sinon, c'est compliqué d'inventer, de se souvenir de la forme d'un sourire, de comment ça bouge un bras, un pied, de la couleur précise d'une peau quand elle est émue.

Ce gosse sans modèle, il s'est, sans doute, toujours dessiné des parents de mémoire, avec des yeux, un nez, une bouche et des oreilles, avec un ventre, des jambes et de grands bras. Mais on ne peut pas être plus précis sans aucun parent à recopier. Ce père et cette mère, il les a observés, les a reproduits, il sait comment s'accrochent leurs lèvres, comment se plisse leur front quand ils sont inquiets, comment ils s'y prennent pour aimer, et il fait tout pareil. Il leur a volé ces détails qu'il n'aurait pas su inventer. Ce père, ses silences, son corps musclé, toujours très droit ; cette mère, ses rondeurs, son visage qui rit, ses joues toutes maquillées par le vent.

La mémé raconte qu'à ses dessins de maisons il ajoutait des étables, des vaches, des lauzes sur le toit, du bois bien rangé, des gamins qui rient, les anciens de l'autre côté et toujours, des nids d'hirondelles.

D'ailleurs, il commence à faire frais dehors, elles partiront bientôt pour les endroits chauds, elles en discutent sur les fils.

Les autres jeunes rêvent aussi de s'envoler avant l'hiver, d'échapper à la neige qui les emprisonne pendant des semaines, des mois, ils imaginent une vie à eux, qui ne serait pas celle des parents, qu'ils auraient réussi à inventer tout seuls.

C'est l'adolescence, ça leur passera. Quand ils verront que ce n'est pas mieux ailleurs, ils reviendront, ils feront paysans, on ne veut jamais ressembler à ses parents quand on a quinze ans. Les jeunes se teignent les cheveux, mettent des habits de la ville, effacent là où ça pourrait se voir qu'ils viennent de la ferme. Ils n'aident plus pour nourrir les vaches, l'odeur, ça reste dans les cheveux, le sale ça se coince sous les ongles.

À cet âge où on se débat pour ne pas ressembler au père, le gosse, lui, il a fait le contraire. Il a fait tout pour ressembler, pour appartenir, pour qu'on ne lui demande pas de partir, pour qu'on oublie qu'il n'était pas le fils. Est-ce qu'il existe des hirondelles qui ne s'en vont jamais ?

La chaleur du père et de la mère, celle des bêtes et du foin, ça fait comme un été, ça se voit à son air qu'il aurait aimé rester là.

C'est ma mère qui a pris ces photos de paysage ?

Il n'y a qu'un seul arbre dans la plaine, il sert de repère. C'est lui qui indique l'endroit où on doit tourner pour trouver la route. Quand le pépé marche dans ses prés, tôt le matin, qu'il fait le tour de tous les pièges qu'il a installés pour les rats taupiers, sa silhouette se détache dans le ciel. Ça fait comme un deuxième arbre dans la plaine. Un tronc vertical, un repère, mais il bouge celui-là.

C'est le gosse, derrière lui ? Il l'a suivi d'un peu loin. On dirait qu'il ne veut pas marcher sur son ombre, qu'il ne se le permet pas. C'est pas vraiment son père, alors il laisse cet espace-là. L'arbre, le pépé jeune homme et le gosse, ça fait trois hachures, trois solitaires dans l'étendue. Tu as vu comme le ciel est beau. On devrait l'encadrer, cette photo.

La gamine imagine le pépé qui se baisse, gratte la terre. Ça lui arrive aussi de l'accompagner, de se lever tôt pour aller dans les prés avec lui.

Pas de taupe dans ce trou-là. Il n'a pas besoin de le dire, le gosse le sait à sa tête. Il attend que le pépé se mette en mouvement pour recommencer à marcher. Leurs bras se balancent pareil. Même pantalon, même tricot. On pourrait penser qu'on voit double.

La gamine imagine.

Cette fois-ci, ils l'ont eu, un gros rat. Ça en fera un de moins pour abîmer ses prés. S'il les laisse pulluler, il n'y aura plus d'herbe, il faut voir comme ça va vite, comme ça retourne la terre, comme ça creuse des galeries.

Le gosse a appris, de loin. Le pépé parle avec ses silences sauf quand ça concerne les bêtes, la ferme et le travail du bois, là, il trouve des mots. Ils sont rentrés enfin, il est neuf heures, la mémé a sorti le saucisson et le plateau de fromages, ça va bien avec le café. Ça frappe, de la visite, des dames pour causer des gens du village et du curé. Le pépé, ça l'endort, alors la mémé lui a fait signe de filer dans son atelier. C'est encore comme ça que ça se passe.

Il y construit des machines, des machines pour construire des meubles, des meubles pour ranger ses machines. La mémé raconte que le gosse était le seul à avoir le droit d'y entrer, parce qu'il se taisait, restait dans un coin et qu'ils se ressemblaient assez pour que le pépé l'oublie, pour qu'il se croie avec lui-même.

Regarde-le. Le pépé mesure, rabote, met ses lunettes, fait des plans, calcule, fouille dans des boîtes métalliques. Ça fait du bruit, ça projette des copeaux, de la sciure sur les godasses du gosse. Mais il ne bouge pas, il ne demande que ça, que celui qu'il appelle le père lui transmette sa passion, que ça vienne jusqu'à lui, que ça recouvre ses chaussures, que ça se voie qu'ils ont passé du temps ensemble. C'est comme ça qu'ils se parlent, en se jetant des copeaux de bois, en se lançant des bottes de foin, en se tendant des couteaux, en pissant sur le même arbre, en mettant des bûches dans le même feu.

La gamine ferme les albums, arrête de rêvasser. La mémé a assez parlé, assez perdu de temps surtout, elle a besoin qu'on libère la table, qu'on fasse de la place pour trier les haricots du jardin et préparer son repas.

*

Depuis la ferme, on devine les bus, les touristes au loin, ça fait des touches de couleur tout autour de la montagne, des teintes qu'on ne trouve pas ici. Du jaune fluo, des motifs qui bougent, qui escaladent, qui flânent, cherchent quelque chose. C'est là, au pied de ce pâté de roches, que la Loire prend sa source. Ils sont tous là pour ça, voir jaillir un fleuve, assister à une naissance. Au début, c'est minuscule, juste des filets d'eau. Les gens d'ici, ils appellent les montagnes des sucs. Et on dirait les sucs d'une montagne justement, ce liquide qui perle entre ses blocs de phonolite. On voit bien qu'elle transpire, qu'elle pleure, qu'elle sécrète, qu'elle perd les eaux en permanence. Elle accouche, sans douleur, devant une foule de photographes. Certains sont déçus, ils imaginaient sans doute un torrent, une cascade, un jet puissant. Ils ne pensaient pas s'être déplacés pour quelques larmes entre des caillasses.

Le gosse n'est plus un gosse, il est adulte maintenant. Mais il est toujours orphelin. Alors il revient le plus souvent possible pour s'assurer que la source coule encore. Il n'est jamais déçu, c'est toujours un jaillissement. La mémé essaie de faire tenir dans un repas tous les menus qu'elle n'a pas pu lui faire, pendant toutes ces semaines, ces mois où il était loin. Une profusion, du saucisson, des terrines, une salade de lentilles, de la viande en sauce, des caillettes, des pommes de terre et des haricots du jardin, avec aussi des carottes, et du riz, un plateau de fromages, des tommes d'abondance, du chèvre frais, du bleu, du brebis, des yaourts. Garde un peu de place pour le dessert, j'ai fait une tarte aux fruits, et un gâteau de semoule, celui que tu aimes bien. J'espère que tu auras assez mangé. Sinon, il y a des glaces au congélateur. Pas le temps de dire non, elle est déjà partie les chercher. La mémé lui donne, en un seul repas, tout l'amour qu'il n'a jamais eu, comme pour corriger l'injustice.

Tu iras chercher les photos qu'on regardait tout à l'heure ? Je fais couler le café. Sur celles-ci, la gamine ne t'avait pas reconnu.

Les bêtes

Il y a une porte dans la chambre à coucher, une porte qui donne sur l'étable. Juste quelques planches de bois pour séparer le lit des parents de celui des veaux. Dès l'enfance, ils ont appris à dormir avec l'odeur des bêtes, avec leurs meuglements, le bruit des chaînes quand elles se grattent, celui des corps lourds qui tombent pour se reposer, des jets d'urine sur les grilles, des bouses qui s'éclatent sur la dalle. Ça se mélange aux ronflements du pépé, à ceux du frère derrière le mur, aux souffles de l'oncle, de la tante et de la mère. Ça se glisse dans les rêves des petits. Ils savent tous reconnaître quand la vache les appelle, qu'elle a besoin d'eux pour faire le veau. L'oncle bondit du lit, ouvre la porte. Elle perd les eaux. À l'autre bout, le pépé fait tout pareil, en symétrie. Ça communique, on voit les vaches et, tout au bout, la porte ouverte avec dedans le lit et la mémé. Il va s'en sortir seul, tu fais rentrer le froid, nom de nom. Mais le pépé a du mal à laisser la main à son gendre, ça le rend jeune de l'aider à tirer les veaux. Tu vas te faire mal aux épaules, viens te coucher, laisse-le. Il n'y a rien à faire, la mémé se couvre, jusque par-dessus la tête, et se rendort. À l'autre bout, sa fille, au même moment, fait tout pareil.

Le petit veau est là, il va bien. Le pépé a un peu mal à l'épaule droite mais il ne le dira pas. Ils peuvent retourner se coucher, les portes peuvent se refermer, les chambres redevenir des chambres.

La gamine aussi, elle a une bête qui habite à côté d'elle, sous la même toiture. C'est ce qu'elle raconte quand, dans sa tête, elle ne se sent pas très bien. Pas une vache, bien brave, qui resterait attachée, docile, à meugler, à manger, à se coucher. Non. Une bête plus grosse, qui tape dans la porte, qui la fait céder, qu'elle n'arrive pas à apprivoiser, à caresser, à attacher. Et tu saurais la dessiner ? La main de la gamine fait un grand tourbillon, comme une tornade, avec des yeux tout rouges. Une bête si grosse qu'elle ne tient pas dans la feuille, qu'elle déborde sur la table. Ce n'est pas grave, on nettoiera. C'est des feutres qui s'effacent. Mais sa bête à elle, elle ne s'effacera pas. Il faut apprendre à vivre avec, à ne pas lui laisser prendre le dessus. Elle repense au chien du taberlo, qui montre toujours les dents, à tout ce temps passé à essayer de l'apprivoiser en vain. Un chien si petit… alors une aussi grosse bête. Elle s'inquiète de ne pas savoir faire.

Parfois, le pépé et la mémé ont du mal à deviner si c'est les vaches qui tapent ou si c'est le corps du beau-frère, derrière l'autre mur, qui tombe d'avoir trop bu. Tant que les cloisons parlent, meuglent, miaulent, ronflent, ça ne les inquiète pas. C'est le silence qui serait grave. Quand on les invite dans d'autres maisons, ça les angoisse qu'il n'y ait rien derrière les murs, aucune vie collée à la leur, aucune odeur pour fuiter sous les portes.

Le pépé répète souvent que le jour où il n'y aura plus de bêtes, ça ne sera plus vivable. Ça la rassure un peu la gamine, même si elle sait qu'il ne parle pas exactement des mêmes bêtes.

*

Le pépé et la mémé se précipitent à l'étable. Il se passe quelque chose. Des grognements, des battements d'ailes, des cris. Lâche-la, nom de Dieu. Le chien tient dans sa gueule la faisane, et il n'y a rien à faire, sa hargne ne veut pas la lâcher, il la secoue violemment, la broie entre ses crocs, s'acharne encore alors que plus rien ne bouge. Elle est morte, c'est sûr, mais il continue à la balancer contre les murs, à la frapper, à lui faire payer d'avoir monopolisé tout l'amour de son maître. Une explosion de plumes et de sang. Un carnage. Le chien vient de massacrer la faisane. La poule du beau-frère, celle pour qui il avait tant de tendresse. Il ne faut pas qu'il voie ça. Vite, la mère, aide-moi à cacher les plumes. Une tuerie. Nom de dieu. La faisane. Sa poule. Putain de chien. On ne peut pas le lui dire, ça va le faire crever de chagrin. Sa poulette. File de là, le chien. Il ne va pas s'en remettre. Nom de Dieu.

Heureusement que la mémé a de l'idée. On va en trouver une autre, une toute pareille, avec des jolies plumes, on la mettra dans le couloir de l'entrée, là où elle se couche souvent, il ne s'en rendra pas compte. Allez, ça va aller. Celle-là ou une autre, peu importe tant qu'elle a des yeux pour le regarder. Elle fait ça avec les bouquets de fleurs de l'église, elle les remplace avant qu'ils fanent, ça les rend immortels. Personne ne remarque que les bouquets changent très légèrement de couleur. Le pépé lui fait confiance. Mais quand même, putain de chien. Heureusement que les gosses n'étaient pas là. La gamine n'aurait pas pu fermer l'œil de la nuit, elle n'aurait pas arrêté de nous en parler, il en faut moins pour la traumatiser.

*

C'est la seule fille. C'est peut-être pour ça qu'elle est si sensible. C'est ce que suppose la mémé. Sinon, c'est que des garçons.

Ça ne l'empêche pas de tout faire comme eux, de grimper très haut dans les arbres, de faire des dérapages avec son vélo. Elle n'a pas peur de toucher les limaces, il lui arrive même de faire pipi debout.

Son cousin invite souvent des copains. Il y en a un qui a les joues toutes roses, elle ne sait pas si c'est tout le temps comme ça ou simplement quand il lui parle. Un jour, il lui a dit que son zizi devenait dur lorsqu'il jouait avec elle. La gamine a regardé. Ah oui. C'est bizarre. Il a fallu en parler aux parents.

Ça veut dire qu'elle te plaît, ce n'est rien de grave.

La gamine, elle se pensait un garçon parmi les garçons avant que ce zizi tout droit lui rappelle qu'elle n'en était pas un. Elle n'a pas ça, elle, entre les jambes, cette tige dure pour s'ériger au milieu de leur amitié. Ce petit appendice, cette languette de chair, quelques centimètres seulement, un portique qui s'avance et lui barre la route. Non, maintenant, elle ne pourra plus jouer avec eux sans que ça leur fasse rougir les joues, sans que ça les rende tout timides, sans que ça réveille des choses dans leur caleçon. Faire une roulade, grimper avant eux dans le grand chêne, ça ne sera plus possible, ça les rendrait tout durs si jamais ils voyaient sa culotte.

Le chien ne peut s'empêcher d'enfouir sa truffe entre ses jambes, de coller son souffle chaud là où elle sent la femme, de venir baver à la confluence de ses cuisses. Ce qui l'écœure c'est que sa langue se promène un peu partout dans l'étable, se régale du placenta quand le veau naît, goûte le sang, l'urine, la bouse avant de venir se fourrer dans son entrejambe.

Pépé dit que les chiens font ça pour tisser l'amitié. C'est pourtant pas comme ça qu'elle aura envie d'être gentille avec lui. Les garçons, il les laisse tranquilles, c'est après elle qu'il court, c'est à elle qu'il se colle. Elle a beau croiser les jambes, lui mettre des coups de bâton, se fâcher, on dirait que c'est plus fort que lui. Ça ne se contrôle pas.

C'est ça aussi qu'il lui a expliqué, le copain aux joues roses. Que si elle ne voulait pas être son amoureuse, ils ne pourraient plus se voir. Parce que ça ne se contrôle pas et que, quand il la regarde, ça lui fait des choses.

Elle espère que ça ne va pas leur faire ça, à tous, qu'elle ne va pas être obligée de se trouver des copines, d'être chassée du clan. Simplement parce qu'elle commence à avoir les seins qui se devinent.

*

La sœur de la mémé se lève, tout le monde se tait. Elle commence à chanter. Il y a quelques fausses notes, c'est pas grave, c'est par elles que passe l'émotion. On l'aurait dit morte, au bout de la table, à ne pas parler, à ne plus comprendre, avec ses cheveux, avec ses oreilles, avec son regard. Mais soudain, elle vibre. Ça chevrote, ça tremble, c'est tout fragile, on a peur que ça se brise, que ça n'arrive pas à la fin. On sent les sons venir de loin, du fond de son âge, traverser ses quatre-vingt-dix années. Chaque dimanche, ils attendent ce moment, qu'elle redevienne vivante, que sa voix qui s'effile tienne encore jusqu'au dernier couplet.

C'est au tour de l'oncle de chanter. Il a du coffre, il en faut pour appeler ses vaches depuis le fond du pré. Ça porte, ça remplit la pièce. Ça lui met dans la bouche des mots qu'il n'aurait pas prononcés, ça le fait parler de sentiments, elle est tout émue, sa femme, à côté. Des mots, comme ça, qui sortent de son homme, en dehors du dimanche, ça n'arrive jamais. Il se rassoit, baisse le regard et déjà retourne à ses préoccupations.

L'orphelin, le presque fils, les rejoint avec sa fille, comme quelques rares dimanches, mais ils ont beau insister, lui, il n'aime pas chanter.

La mère de la gamine se lève, elle aurait pu faire de la scène, on le lui a toujours dit, elle monte sur sa chaise, mime avec le corps ce que dit la chanson, fait rebondir les mots entre ses seins, fait tournoyer une robe qu'elle n'a pas. Ça fout la honte aux jeunes. Si c'est comme ça, ils partent fumer dehors et ne chanteront pas. Et le petit cousin, il connaît une chanson ? Il part chercher son piano. Pas un vrai, un jouet. Ses mains frappent les touches, sa tête se balance. Il invente des paroles. Moi, quand j'étais tout petit, je tétais les seins de… Maman. Et Maman quand elle était toute petite, elle tétait les seins de… Papa. Et Papa quand il était tout petit, il tétait les seins de… Mémé. Et mémé quand elle était toute petite, elle tétait les seins de qui ? Ça rit aux éclats.

Sauf le pépé, qui ne comprend plus assez, qui ne remarque pas que le petit emmêle les seins, comme lui les visages et les noms.

Vous auriez dû rester à vos places, je ne sais plus à qui sont les tasses.

Il va bientôt faire nuit, les enfants rentrent dans la crèche des veaux pour aller les caresser. Les bestiaux sortent leur grosse langue, cherchent à téter, bavent sur les gamins, salivent sur les petites mains, sucent leurs doigts, les prennent un peu partout pour des mamelles. Eux n'ont pas encore mangé. L'oncle va bientôt arriver, on entend ses pas dans le grenier. La tante a déjà éclairé l'étable. Même le dimanche, quand on a des bêtes, il faut s'en occuper. Ça meugle, ça appelle son petit, ça se déchaîne, c'est l'heure d'ouvrir les grilles. Toute la famille regarde. Après les chansons, le spectacle continue. Et voilà que les veaux s'élancent dans l'étable, glissent et s'étalent sur la dalle, se marchent dessus, foncent dans les allées, se trompent de mère. La tienne est là, elle t'attend, allez. Il faut lâcher le pis, encore quelques gorgées, ça s'empiffre, ça coule, ça se voit que c'est bon. L'oncle les pousse avec son bâton, les aide à trouver les bonnes mamelles. De dos, comme ça, les vaches sont toutes pareilles, des culs sales, des queues, des pis gorgés de lait. On dirait qu'on les a dupliquées, on ne peut pas leur en vouloir, aux veaux, de se tromper, de ne pas avoir su repérer ce qui distingue leurs mères. On voudrait bien les aider mais on ne sait pas mieux qu'eux. L'oncle, il les connaît tellement, ses bêtes, que ça l'étonne qu'ils puissent confondre et se goinfrer du mauvais lait, que les vaches lèchent les mauvais bébés. C'est peut-être d'avoir autant de public, ça doit les perturber. Tu vois bien que ce n'est pas la tienne, toi, c'est la première de l'allée, allez, bouge de là. Il t'a volé ta mère, celui-là. Viens là, que je t'aide. Voilà. Là. Il faut que tu apprennes à t'imposer. Lui, c'est le dernier-né, il est costaud déjà.

Pendant que l'oncle réorganise patiemment le début de la rangée, au fond, ça se distribue de l'amour n'importe comment, ça déambule avec du lait plein le museau, ça se met à cinq ou six sur la même tétine, ça réinvente des filiations. Ça fait comme le petit cousin quand il joue du piano. Ça tète le mauvais sein.

*

Les jeunes se donnent rendez-vous dans les bois, se faufilent entre les arbres, cherchent un coin pour leur désir. Ici, c'est bien, on nous voit pas. Tu es sûr ? Ça fait comme un lit. Et ils s'embrassent avec la langue, et ils la tournent dans tous les sens, et ils se lèchent dans le cou, et ils se mordent les oreilles. Il faudra cacher les suçons. Les mains s'introduisent sous les tissus, partent à la rencontre des seins encore timides, si menus, tout pointus, se glissent sur des tailles douces, défont des nattes rousses, s'attardent sur des ventres brûlants. S'ils n'avaient pas de ceinture, ils iraient plus loin, c'est sûr, mais là, ils font le tour, sans oser s'approcher plus, ils y glissent juste quelques doigts. Ils retirent le haut, se serrent, se respirent, se frottent, gonflent, mouillent. La forêt les regarde, les cache, les tamise, les éclaire en sélectionnant des endroits, la nuque, la cambrure, là où c'est le plus beau. Ils ont des copains qui l'ont déjà fait, comme ça, sans s'aimer, juste pour que ça soit fait. Entre leurs jambes, ça a envie de s'offrir, ça pulse, ça va chercher l'autre, ça ne leur appartient plus, ça devient sauvage. Tu n'as pas entendu un bruit ? Non. Ne bouge pas, il y a l'autre fou, avec sa faisane, juste là, je reconnais ses chaussures. Vite, les mains attrapent les habits, les enfilent à la hâte, tant pis si c'est à l'envers. Ça tire un coup ! Le malade ! Ils se cassent, courent jusqu'à la ferme, abandonnent leurs sexes gonflés dans les sous-bois, rentrent avec seulement leur malaise et leurs cheveux parsemés d'épines. Le soleil éclaire fort l'échec de leur première fois. Il n'y a plus rien qui ose se regarder, ni leur corps, ni leurs yeux. L'autre fou, avec son fusil, il a tué un truc, ça ne sera plus comme avant.

Un renard à l'envers, il le tient par la queue. Sa mort pend sur son épaule, on dirait qu'il le fait exprès, de passer et repasser devant eux. Leur embarras fixe la pauvre fourrure ensanglantée qui s'est fait surprendre, au même moment, dans le même bois qu'eux.

*

Le beau-frère sent bien que quelque chose a changé, que ses yeux sont plus pareils. Sa poule le regarde sans le regarder, ne vole plus sur lui pour se faire caresser. Quand il lui parle, elle semble ailleurs. Ses plumes sont moins douces, moins colorées, à moins que ce ne soient ses mains qui les connaissent trop, qui se soient lassées, qui ne savent plus les aimer.

Ça se dispute derrière le mur, ça hausse le ton. Je crois qu'il a recommencé à boire. Tu sais bien comme ça le rend mauvais. Où sont passés tes yeux, ma faisane, tes yeux qui savaient me voir ? Pourquoi tu ne me réponds pas. Tu me manques, putain. Je ne ressens plus rien.

Tout a disparu. Que tu es laide. Tout a disparu. Il répète ça en boucle dans le mur, le pépé et la mémé allument un peu la télé, le temps qu'il se calme. Mais ça ne couvre pas le désespoir. Ça crie, ça pleure, ça s'énerve. Tu ne penses pas qu'il faudrait aller voir ? Tu sais quoi, j'aurais dû te tuer, comme les autres, ne pas faire de sentiments. Qu'est-ce qui m'a pris de croire que tu étais différente ? Tu fais des crottes partout, ça me dégoûte, tu me dégoûtes, tu es si laide. Allez, bois, je t'ai mis du vin. Bois, nom de Dieu. Allez. Bois, je te dis. Ça hausse le ton, ça tombe par terre, ça sanglote. Oh non, putain. Ma faisane. Ma poule. Je ne voulais pas, je n'ai pas fait exprès. Réveille-toi. Oh putain. Le mur chiale, hurle, gémit.

On aurait dû y aller. Je te l'avais dit, qu'on aurait dû y aller.

Les saisons

La neige recouvre tout, la plaine, le ciel, les arbres. C'est le vent du nord, ça soulève la poudreuse, ça tapisse la façade, ça ajoute des murs sur les murs, ça aveugle les fenêtres, ça nappe les toits. Tout est blanc, effacé, disparu ; c'est comme dans la tête du pépé. Ça a perdu la mémoire. On ne retrouve plus le dehors, on est enfermé là. L'oncle tape sur le baromètre. Rien ne sert de prendre les pelles, de chercher à sortir, ça va encore tomber. Pas d'école. Les routes n'existent plus, il faudra rester là, fouiller dans les congélateurs et attendre que le temps se calme, et les gamins aussi. Ça les excite tout ça, ils s'imaginent sur une île au milieu de rien. Eux, l'oncle, la tante, la mère de la gamine, les animaux.

Ça commence à bien faire, ça ne s'arrête pas, ils se chamaillent, ne se supportent plus. Ils traversent par l'étable, vont voir du côté des anciens. Elle est lourde, la neige, pèse sur le moral, fait souffrir le toit. La tante raconte que, petite, elle adorait ça, que la ferme soit emmitouflée par le froid. Oui mais là, ça fait trop de jours que ça dure. La mémé tape sur le baromètre. Il va encore neiger, on sort les jeux de cartes.

Dans la famille cheval, je demande le père.

C'est pas à ton tour. Le petit cousin réfléchit. Si, c'est à mon tour, la mémé vient de piocher. Dans la famille cheval, je voudrais le grand-père. Tu ne venais pas de demander le père ? Si. Le grand-père. Le grand-père c'est bien le père. Le père du père. La tante lui explique que oui mais que non. Regarde, il y a la carte du père et la carte du grand-père, c'est pas les mêmes.

Demain, le vent devrait se calmer, on essaiera de dégager la porte.

L'oncle, avec sa pelle, s'activera pour réinventer un dehors, révéler un bout de sol, un pan de mur, sortir le paysage de son amnésie. Les chasse-neige redessineront des routes entre les gens, les enfants des pas dans la plaine, les sapins s'ébroueront, tout semblera se souvenir.

*

Les anciens se retrouvent pour des veillées, ça leur fait du bien d'être tous ensemble, de boire un canon après avoir été si longtemps séparés par l'hiver. Ils parlent en patois. Les jeunes le comprennent un peu mais ne le causent pas. Les mots ne leur viennent pas naturellement. Quelque chose s'est perdu. Un problème de langue. Des langues qui ne savent plus prononcer certains sons, qui ne fonctionnent plus pareil. Les langues des vieux ne parlent que le patois et n'ont embrassé qu'une seule bouche.

Ils ont tous fêté leurs noces d'or, cinquante années de mariage, la grande messe, les discours, le repas avec la famille et les jeunes qui ne comprennent pas comment c'est possible parce que leur langue à eux, celle qui ne sait plus le patois, lèche de nouvelles lèvres chaque samedi soir, a envie d'explorer le monde. Ils ont à peine l'âge de conduire une mobylette mais ils savent déjà très bien s'y prendre avec leur langue, ils ont connu plusieurs fois l'amour, ça leur a même fait du chagrin. Des histoires de quelques jours, de quelques semaines. Alors toute une vie, ils n'imaginent pas bien.

Leurs langues sont trop curieuses. Au lycée, les jeunes apprennent l'anglais et l'espagnol. C'est pas facile d'ailleurs, avec des gènes qui n'ont jamais quitté le village, de réussir à prononcer les sons d'un autre pays. Ils ont envie de partir, de débrider leur mobylette, de connaître ce qui existe derrière les montagnes, après les vallées, de l'autre côté des frontières. Ils ont eu un paysage entier pour grandir mais ça ne leur suffit pas. Au-delà de la ligne d'horizon, ils sont convaincus que c'est mieux. Ils n'auront pas de bêtes. Les bêtes, ils le savent, ça emprisonne. Regardez les parents, ils ne peuvent pas bouger, il faut qu'ils soient là, chaque matin, chaque soir, pour nourrir les vaches, les poules, les chiens et les chats. Même les week-ends.

Quand on a le droit de s'absenter que quelques heures, on ne peut jamais aller très loin ; c'est comme ça, sans doute, que les parents ont réussi à rester fidèles, à ne parler que la langue du coin et à n'aimer avec leur langue personne d'autre que leur femme.

La mémé rit, ils ne savent pas pourquoi. Quand elle parle vite comme ça, avec l'euphorie de la fête, ils ne comprennent plus du tout son patois. Ils sont, dans sa cuisine, comme dans un pays étranger. Leurs langues, leurs oreilles ont trop d'années d'écart pour se parler vraiment.

*

Le printemps vient de libérer le taureau. Il court vers les vaches, leur monte dessus, s'y prend à plusieurs fois, les écrase sous ses muscles. Les petits n'ont jamais vu ça, ils appellent l'oncle, ça les inquiète un peu. Ne regardez pas.

À l'étable, ils savent le distinguer des vaches, ils cherchent en dessous des boules roses qui pendent, on leur a expliqué. Même sans se baisser, ça se voit que c'est le seul mâle, avec son cou si gros qu'il avale ses chaînes, les fait disparaître dans les plis de sa masse. Ils ne passent jamais trop près. C'est si vite arrivé, un coup de pied. Même s'il est attaché, ça les impressionne toute cette puissance, alors là, dehors, ça les effraie. Ne regardez pas, les petits. Comment ne pas regarder ? Ce taureau qui sent le cul des vaches, qui leur monte dessus, qui y reste accroché. Ça fait comme un monstre de muscles, avec deux têtes, avec beaucoup trop de pattes, qui ne peut plus marcher. C'est construit à l'envers, la fragilité en bas, ça va s'effondrer. Ça meugle, ça râle, ça prend cher. Et puis ça se décroche avec, en dessous, une sorte de barre mouillée. La fougue traverse le pré, ne sait plus sur quel cul se jeter, ils sont tous pour lui. De quoi devenir fou.

La gamine le regarde faire. Taureau, c'est son signe astrologique. C'est bien, c'est la force, c'est l'énergie, ça fonce, un taureau. C'est sûr. À vrai dire, ça ne la rassure pas d'avoir aussi un taureau, quelque part en elle. Ça recommence, il s'enfonce dans une nouvelle vache. Elle aimerait changer de signe.

*

Ça saute, ça fonce dans les clôtures, ça lève le cul, ça se carambole, ça fait des glissades, ça pète. C'est la première fois que les petits veaux sortent de l'étable. Ça danse, ça explose, ça sursaute, ça s'entrechoque. Ils découvrent l'immensité, l'air, les couleurs du dehors. Ils ne savaient pas que leurs pattes pouvaient bouger si vite, que leur mère pouvait s'éloigner autant, que le sol pouvait se manger, qu'il existait un ciel avec des nuages et des oiseaux accrochés dedans. Ça prend le jus, ça a la chiasse, ça tremble un peu, ça ne retrouve plus sa mère, ça s'inquiète quand tout devient noir, ça cherche à rentrer.

Ça lui a fait ça aussi, à la mère de la gamine, quand elle a quitté la ferme, qu'elle est partie étudier de l'autre côté des montagnes. Une danse, une explosion, la découverte du dehors. Ça grouillait, ça s'agitait, ça klaxonnait, ça se bousculait, ça fumait, ça s'embrassait, ça clignotait, ça brillait, ça coûtait cher, ça dormait par terre. Elle ne savait pas qu'on pouvait vivre aussi serrés, marcher des heures sans voir le ciel, monter des escaliers sans les monter. Elle découvrait les cinémas, les baisers dans les cinémas, les baisers là où ça ne se fait pas. Elle piétinait la ville, la ruminait, découvrait que c'était possible de s'éloigner de sa mère. Elle craignait d'avoir peur du noir, comme les veaux, d'avoir envie de rentrer. Mais ici, le noir n'existe pas, les vitrines restent éclairées, les fenêtres, haut dans le ciel, prennent la place des étoiles.

*

Le pépé se lève du canapé, ouvre grands les bras et empêche sa fille de passer. On croirait qu'il a un bâton dans la main mais ses doigts sont repliés sur rien et il agite l'air. Oh la garce, elle ne veut pas suivre les autres. C'est toujours la même qui nous en fait voir, qui ne respecte pas les clôtures. Vite, la mémé, aide-moi, va te mettre dans le caladou, tu vois bien qu'elle va se barrer dans le jardin. Il secoue ses bras comme s'il remuait du grain au fond d'un seau, il faisait ça souvent avec les bêtes, pour les faire venir. Il bloque sa fille dans un coin de la pièce, lui parle en patois et la tapote sur l'épaule d'un geste franc. Depuis qu'il perd la tête, le pépé, on ne sait pas trop comment s'y prendre, on ne sait pas si on doit le lui dire, que ce n'est pas une vache mais bien sa fille la bête qui ne respecte pas les barrières, qui ne suit pas le chemin tout tracé.

Il est fatigué par toutes ces histoires qu'il invente, s'assoit sur le canapé et s'endort. La mémé est à côté, elle téléphone parce qu'elle n'a plus d'homme à qui parler, alors elle appelle une voisine, peu importe laquelle, ça fait du bien de discuter.

Il laisse tomber sa tête sur son épaule, se met à sucer son pouce en frottant entre ses doigts le tricot de la mémé. Tu sais bien que je suis ta femme, elle est morte il y a trente ans ta mère, elle essaie de remettre de l'ordre dans sa tête mais, dans sa tête, plus rien ne reste à sa place.

Elle a l'habitude de ranger, elle tient très bien sa maison, pas une miette, pas de vaisselle dans l'évier, rien qui traîne nulle part. Mais dans son homme, les placards ne tiennent plus fermés, tout dégringole, se déverse, se mélange ; alors elle a abandonné.

Voilà qu'il se tient à la cuisse du petit, convaincu de se tenir à un tronc d'arbre.

Il faut le laisser pousser encore, il est trop jeune, c'est un orme, ça fera des planches. Le petit n'ose pas bouger, il devient la forêt. Et le pépé, qui est pourtant si vieux, s'accroupit : il a vu des cèpes entre ses pieds. Donne-moi un sac, la mère, regarde comme ils sont beaux.

Elle est bien en ordre, la maison, il n'y a rien qui dépasse, mais le pépé, il fout un bazar invisible, il mange avec ses morts, se dispute avec l'horloge, passe la pelle dans la cuisine pour enlever la neige, veut traire les doigts de la factrice quand elle lui tend le courrier.

*

Tu peux remettre le grand-oncle à l'endroit ? C'est le vent qui a dû le renverser.

La gamine marche sur le père du pépé, s'assoit sur l'arrière-grand-mère. La mémé récupère les fleurs séchées, les vide dans la grande poubelle à l'entrée du cimetière. Celles-ci aussi, on va les jeter, regarde comme elles sont délavées, elles sont là depuis l'arrière-grand-père, ça ne ressemble plus à rien. Elle a tout prévu, le produit pour les vitres, les torchons, un outil pour racler la mousse et même un peu de peinture. La petite escalade le caveau. Ça fait toujours un peu bizarre de marcher sur les morts mais elle n'a pas le choix si elle veut aider la mémé à nettoyer.

C'était pas une bonne idée, cette maisonnette sur le tombeau pour mettre les photos et les plaques à l'abri de la neige, on ne sait pas d'où ça vient mais il y a toujours de la buée sur les vitres, on ne voit jamais rien. La gamine passe le chiffon, ça fait réapparaître tous les noms, toutes les dates, les visages dans des médaillons de ceux qui sont sous ses pieds. Mets-le plutôt derrière, celui-là, plus personne ne le pleure, ce n'est pas grave si on le voit moins. La mémé donne des consignes pour que ça soit mieux rangé, pour que les plus importants, les plus récents soient tout devant. Elle a ramené des fleurs naturelles, c'est quand même plus joli que toutes ces compositions en plastique, mais avec le climat ça ne tient pas, ça crève. Des fleurs mortes sur des morts, ça fait triste, il faudra bien penser à venir les enlever si on sent qu'il commence à geler.

C'est infernal, toute cette mousse qui s'accroche au crépi du caveau. La mémé pense que ça vient de l'ombre, de l'humidité de la forêt d'à côté. Il faut tout gratter, tout lessiver. À genoux, à plat ventre, la gamine s'agite, roule sur le toit des aïeux, décape les souvenirs. La mémé se met à parler, à raconter. Des histoires qui étaient prisonnières sous la mousse, qu'elle avait oubliées, qui refont surface en même temps qu'elle lessive le caveau. L'arrière-grand-mère qui serait restée des mois avec un bébé qui ne bougeait plus dans son ventre. Un arrière-arrière qui se serait fait foudroyer dans les champs. Un frère du pépé qui se serait trouvé au mauvais endroit, au mauvais moment, tué par un jeune anarchiste qui rentrait d'un braquage.

Je ne sais pas si ça va convenir, c'est de la peinture pour dehors, ça fera quand même plus propre. Un caveau comme ça, tout gris, avec des traces d'humidité, c'est pas possible. La gamine badigeonne la façade d'un blanc éclatant. Ça en jette. Même la famille en marbre, avec les lettres dorées, qui crâne dans la rangée de droite, a l'air toute terne à côté. Elle ne sait pas si ça aura fait plaisir à leurs morts mais ça fait plaisir à la mémé de leur offrir la plus blanche des maisons, d'avoir passé tout ce temps près d'eux, à les gratter, à les décaper, à les chatouiller, à s'allonger dessus. Le caveau sera accueillant si jamais le pépé devait bientôt y emménager.

*

C'est pas le beau-frère qui se soucierait de faire beau le cimetière, de fleurir ses parents. D'ailleurs, ils ne savent pas ce qu'il a fait de sa poule, si elle est encore avec lui, s'il l'a balancée dans les éboulis derrière la ferme, s'il lui a fait un trou, bien comme il faut, avec un bouquet. Ça m'étonnerait. Avait-elle un nom, d'ailleurs ?

Ça arrive à tout le monde d'accepter l'aide d'un peu de pinard, surtout quand on est si triste. Mais depuis qu'il a tué sa poule, il n'a pas dessoûlé, il ne sort presque plus de ses coulisses. Les murs n'ont jamais eu aussi mauvaise haleine, n'ont jamais pleuré à ce point, comme ça, dans des éclats de rire. La mémé dit qu'il faudrait aller voir mais personne n'a vraiment le courage d'essayer de relever sa détresse. De toute façon, ils ne le soigneront pas mieux que l'alcool. Elle finit par y aller, ça fait plusieurs heures qu'on n'entend plus sangloter. Elle le trouve endormi, ensuqué par le vin, tout débraillé. Ça alors : il s'est décoré de son crime, une couronne avec ses plus belles plumes, une sorte de coiffe d'Indien. Sa gueule est toute déformée, ça fait ça, le chagrin sur le vin, le vin sur le chagrin.

Quand le pépé et la mémé tuent les lapins, les gamins viennent regarder. Pour que ça paraisse moins dur, la mémé a pris l'habitude de leur donner les queues coupées. Les petites mains récupèrent les pompons blancs, les caressent longtemps. Avec toute cette douceur entre les doigts, ça semble plus tendre, elle a raison, c'est moins violent de regarder mourir. C'est dur mais c'est doux. Après, ils s'en font des amulettes, des bijoux, ils accrochent ces bouts de lapins autour de leur cou, dans leurs cheveux, ils leur rendent hommage en défilant.

Mais eux, ils n'ont pas soixante-dix ans.

Pauvre poule, finir comme ça, en diadème sur la tête d'un ivrogne. Ne pas réussir à le rendre beau, même avec ses plumes les plus splendides.

Les lapins, au moins, on les mange, on les sublime avec une bonne sauce, on les expose dans de grands plats, on les remercie en se servant une deuxième, une troisième fois. Si les plumes sont sur sa tête, on ne sait pas où est le reste de la poule. On ne veut pas savoir. La mémé referme la porte.

*

Depuis des mois, sa tristesse prend toute la place, on ne voit qu'elle, on ne remarque même plus qu'il est laid, que son gras déborde, sent, déforme ses débardeurs. On ne remarque même plus que, dans son regard, il manque des lumières. Sa peine est trop épaisse. Une peinture mal diluée, opaque, étalée en plusieurs couches. Quand on le voit s'asseoir sur le muret juste devant la ferme, on voit s'asseoir le désespoir. Il a disparu derrière. Il n'y a que l'alcool pour encore le faire rire. Ça lui rend sa faisane, il caresse son absence, lui murmure des secrets. Voilà qu'il embrasse le vide avec la langue, il est devenu fou. C'est ce que disent le pépé et la mémé. Un fou devenu fou, ça commence à faire beaucoup de folie dans un seul homme. Son corps a beau grossir, à un moment, ça ne rentrera plus. Ne vous approchez pas trop, les petits, il pourrait vous cogner dessus comme sur la réalité. On ne sait jamais. Ça peut faire ça, l'ivresse ; quand on s'y habitue trop, on s'énerve de ne plus la trouver. Le vin n'estompe plus le désespoir mais en remet une épaisseur. C'est ce qui est arrivé au père de la gamine, mais on préfère ne pas en parler.

Les buissons

La gamine, elle ne sait pas d'où ça lui vient mais elle tombe toujours amoureuse d'une chevelure. Elle aime que ça boucle, que ça frisotte, que ça soit sauvage, que ça n'obéisse à rien. Si on s'amusait à aligner tous les garçons qu'elle a embrassés, là, le long de sa promenade, il n'y aurait plus de chemin mais une haie touffue. Des têtes hirsutes, broussailleuses, qui se nouent, qui s'envahissent les unes les autres, qui empêchent tout le monde de passer. Elle adore ça, se faufiler dans les fourrés, séparer les ronces, ramper sous les branchages, se perdre dans des sous-bois, découvrir des inconnus. Il y a des chambres, pourtant. Mais elle préfère l'amour dehors, les draps d'épines, les myrtilles. Il faut que ça sente la sève, la terre, qu'il y ait du vent. Elle se promène, sème à travers la plaine des souvenirs bouclés. Ici, là, et puis là. Ça lui plaît de retrouver ses fantômes, d'en faire des bosquets désordonnés, de s'y risquer, de s'y perdre.

Si le pépé voyait ça, il ne pourrait s'empêcher de venir

tailler, de garder seulement la plus grosse branche, il dirait qu'un bois ça s'entretient, qu'on ne peut pas aimer comme ça, tout enchevêtré, que ça fait des incendies. Et il aurait raison, sans doute. Mais la gamine, elle est comme ça, elle n'aurait jamais pu entretenir des hectares de taillis, passer le broyeur, sélectionner, faire propre. En elle, tout se chevauche, s'entremêle, se bagarre, se confond, les amours, les idées, les souvenirs, ça aurait besoin d'une coupe, ça prend feu à la moindre remarque. Ça fait peur aux parents. Eux qui ont toujours tout coupé bien ras, c'était pour éviter ça justement. Ils sont obligés de lui mettre la tête sous l'eau froide. Comment faire sinon pour pas que ça se propage, pour empêcher les flammes de gagner ses broussailles ?

Ils ont essayé de lui présenter des garçons bien soignés qui auraient pu mettre de l'ordre en elle. Mais la gamine ne les voyait même pas. Si c'est pas tordu, si c'est pas cabossé, ça laisse son cœur indifférent.

Ce sera dur de la marier.

Oui, ils ont raison, elle aussi ça l'inquiète.

Ce sera dur de la marier. Mais elle a juste dix-huit ans, elle a le temps de changer, de se ranger. Comment comprendre quand on a connu qu'un grand amour ? La gamine, elle n'aime pas dormir seule, elle a besoin de sentir quelqu'un à côté d'elle. Il y a cet ami chez qui elle passe souvent la nuit. Elle est censée dormir sur la mezzanine mais elle a peur d'être en hauteur. Il a des cheveux comme elle aime et une copine qu'il aime encore même si elle a déménagé. Alors, c'est la gamine qu'il serre dans ses longs bras. Juste comme ça, en attendant de la revoir. Une amitié forte qui rend son sexe tout dur, sous le velours de son pyjama, là, dans le creux de sa cambrure. Ils ont pris cette habitude, s'endormir l'un contre l'autre sans jamais aller plus loin, sans laisser le désir s'échapper de leur vêtement de nuit. Le lendemain, elle rejoint un autre copain. Celui que l'amour trouble, qui ne sait pas comment s'y prendre. Elle lui apprend à embrasser. Tu peux t'entraîner. Je te dirai si c'est agréable. C'est toujours plus simple de tâtonner dans les bras d'une amie. Attention, tu me coinces les cheveux. Ça arrive, ce n'est rien. Et elle s'endort contre lui, son sexe est trop timide pour oser s'appuyer contre elle, ils laissent toujours un peu d'espace entre leurs deux bassins. Il y a aussi ce garçon qui lui plaît tant, dont elle était amoureuse au collège, qu'elle pensait ne plus revoir et qui vient d'emménager là, avec sa mère, en face de sa chambre d'internat. Ça fait des mois qu'ils ne se sont pas parlé mais il suffit qu'elle se mette à sa fenêtre pour le regarder. Il mange, il vit, il dort, juste de l'autre côté de la rue. Un tableau qui bouge, une silhouette, une tignasse, qui, elle aussi, l'observe, l'attend. Ils allument aux mêmes heures, partagent le quotidien, se tiennent compagnie. Et c'est beau parce que, lorsqu'il reçoit sa copine, il lui lance un regard tendre, juste avant de baisser les stores.

Elle avait prévu de rentrer après la fête mais on lui a volé son vélo. On n'a pas de chambre d'amis. Dans le noir, elle sent plusieurs bouches qui l'embrassent en même temps, plusieurs souffles dans son cou, des mains et des bras, partout, sur elle.

Si le pépé voyait ça, il ne pourrait s'empêcher de venir élaguer. Il ne comprendrait pas qu'elle ait besoin de toute une forêt, d'autant de chevelures frisées, d'odeurs, de membres pour réussir à la border.

La mort

Il n'y a qu'un seul arbre dans la plaine, qu'un repère encore debout, l'autre est tombé. Le corbillard fait le tour de la propriété pour que le pépé puisse saluer une dernière fois ses paysages. Pour que ses paysages puissent le saluer une dernière fois. Ça serre le cœur. Même son chien, ça le fait pleurer, il court derrière la voiture noire, la suit comme il suivait son maître quand il marchait, toujours très droit, dans ses immenses plaines. On aurait dû l'enfermer dans l'étable. Ce chien qui chiale, ça fait trop d'émotion. Il ne va quand même pas le suivre comme ça jusqu'à l'église. On aurait dû l'attacher. Il pleure rauque, il gémit fort. Sa peine fonce, ne s'essouffle pas, coupe les virages, veut assister à la messe. On fait rentrer les gens, tout le village est là, on va fermer les portes, laisser son désarroi dehors, on aurait dû l'enfermer dans l'étable, c'est pas possible de gémir comme ça. Eux, ils connaissent la pudeur. Ils sortent un mouchoir de leur manche, y cachent leur visage, y enfouissent leur chagrin.

Ils feront lire quelques textes par ceux qui n'ont pas moins de douleur mais qui savent la contenir. Ce serait dommage d'abîmer, dans les pleurs, les hommages des enfants et des petits-enfants. On aurait dû l'enfermer, ce chien qui a la voix si rauque, les anciens n'entendent rien. Il pleure plus fort que tout, la porte n'arrête pas les lamentations, ça couvre les mots du curé. L'oncle est obligé de sortir, d'attraper les sanglots par le collier, d'aller les enfermer dans une grange à l'autre bout du village. La cérémonie peut continuer. On entend maintenant une souffrance discrète, ils reniflent, se mouchent, retiennent leurs pleurs, soupirent un peu, se tapotent sur l'épaule, entourent la mémé.

Et soudain, ça tombe par terre, ça hurle. Les regards cherchent d'où ça vient. C'est le frère du pépé qui vient de tomber mort, dans la deuxième rangée. On fait sortir les enfants.

La mémé lui en veut de voler l'enterrement de son homme, d'accaparer ses fleurs, ses pleureurs, de venir mourir dans une cérémonie qui n'est pas pour lui. Elle a passé une vie mitoyenne à la sienne, à le relever, à supporter ses odeurs, à l'entendre taper, gueuler, tomber juste derrière ses murs. Il ne les a jamais laissés tranquilles. Le pépé lui a gardé une place dans sa maison, a partagé avec lui ses légumes, lui a fait profiter du rire de ses gamins, de la bienveillance de sa femme, a réchauffé ses cloisons avec sa cheminée. Comme si ce n'était pas assez, voilà qu'il doit aussi partager sa mort. La mémé, ça lui donne envie de chialer, plus fort encore que le chien, de voir ce corps sans cercueil, ce frère venu trépasser à l'enterrement de son aîné. On aurait dû l'enfermer, ne pas le laisser venir, ça ne se fait pas.

*

Ça fera une pièce en plus dans la maison. Les petits sont curieux, ils ne savent pas à quoi ça ressemble derrière la cloison. Le frère du pépé n'a jamais invité personne dans son taudis, en dehors de sa faisane. C'est la mémé qui pousse la porte. Elle allume l'interrupteur, l'ampoule est grillée. Ah non, mais le sol, les murs, le plafond sont si noirs que même avec la lumière, ça paraît éteint. Il faut attendre que les yeux s'habituent pour découvrir, un peu partout, des collections. Des cailloux, des galets, des ovales, des anguleux, des volcaniques, des marbrés, des tout rouges, des presque bleus. Des morceaux de bois. Rangés du plus droit au plus tordu. Regardez, j'ai trouvé les cartouches de son fusil, triées par couleurs, elles aussi.

Tout un mur tapissé de bouteilles. Et ça ? Qu'est-ce que c'est ? Quelle horreur ! Son dentier !

La mémé ouvre un tiroir. Venez voir. Tu savais, toi, qu'il dessinait ? Presque toujours la même image, des animaux imaginaires, avec des dents, des cornes, et surtout des pelages merveilleux. Des taches, des mouchetures, des zébrures, des petits points, des hachures qu'il avait dû passer des heures et des heures à tracer. On dirait qu'il est recouvert d'yeux, celui-là. Des yeux sur le dos, sur les pattes, des yeux même sur la queue, une fourrure qui nous regarde de partout, qui peut surveiller le sol et le ciel en même temps, qui voit devant et derrière sans devoir bouger la tête. Et celui-ci, il a tellement de taches que personne ne saurait les compter, des taches minuscules, des poussières, des grains de sable. La mémé les pose sur la table, un vrai tableau de chasse, des bêtes mi-vaches, mi-guépards, des panthères aux motifs de paon, des renards quadrillés, des chevaux avec des balzanes, des vaches tapissées de nuages. Il n'y a plus de place sur la table, poussez-vous les petits, on va mettre les autres par terre. Et voilà qu'elle étale toute la minutie du beau-frère sur le sol noirci. C'est fou d'avoir gardé toute sa délicatesse dans un tiroir. Il offrait sa patience aux dessins de pelages. On comprend mieux pourquoi il n'en avait plus pour les autres, pourquoi il s'énervait si vite contre son chien.

Regardez, les petits, juste devant la fenêtre, une faisane. Elle n'est pas farouche, elle reste là, dans la cour de la ferme, à faire sa belle, comme si elle avait rendez-vous avec le frère, comme si elle ne savait pas qu'il était parti au cimetière, qu'elle espérait le revoir.

L'oncle arrive. C'est sans doute une faisane d'élevage qui a été lâchée pour amuser les chasseurs. Vous voyez bien que sa liberté l'embarrasse, qu'elle ne sait pas quoi en faire. Si elle est encore là demain soir, je lui mettrai un coup de fusil, y a que ça pour la libérer. Pauvre bête.

*

La mémé ouvre en grand le placard. Depuis la mort du pépé, c'est la première fois qu'elle trouve ce courage. En haut les casquettes en laine, au milieu, sur des cintres, les chemises, les tricots, les pantalons, et tout en bas les chaussures. Un, deux, trois, quatre, cinq, six, sept, huit. Au moins huit pépés tout vides, tout mous, suspendus, à la queue leu leu, dans l'armoire. Ça sent bon la lavande, mais ça ne couvre pas l'absence, au contraire. Tiens, celle-ci a l'air à ta taille.

La mémé tend au gosse doublement orphelin à présent la veste grise que le pépé portait si bien. Elle l'ouvre en grand, vérifie qu'il ne reste pas un fragment de son homme dans l'une des manches, un souvenir dans une poche intérieure, mais non. Le gosse enfile la veste. Ça fait des années qu'elle n'a pas bougé, qu'elle pend tristement dans l'armoire. Et voici qu'elle avance, qu'elle se plisse, qu'elle tournoie, qu'elle se regarde dans le miroir. Il essaie un pantalon, aussi. Prends-le, je te le donne. Il enfile une casquette, déambule dans le couloir.

Ce gosse, c'est pas vraiment le leur, mais il a passé tellement de temps avec le pépé que ses habits lui vont tout pareil. Ça fait des bosses et des plis aux mêmes endroits, ça se déplace au même rythme, ça fait illusion. Ça mouille les yeux de la mémé.

Il est flatté qu'elle ait pensé à lui pour habiller ses souvenirs.

Bien sûr, il avait espéré, à l'époque, qu'on lui donne l'exploitation, les bêtes, les tracteurs, qu'on lui lègue tout comme à un vrai fils. Elle est très chaude cette veste, qu'est-ce qu'elle te va bien, regarde la doublure, on voit que c'est de la qualité. On peut même enlever la capuche. Le pépé lui a tout appris, il aurait su s'y prendre avec les vaches, il a le goût pour ça, s'occuper des animaux, prendre soin de la terre. Tu la veux, cette écharpe ? Elle n'est pas du tout peluchée. Il aurait fait un grand jardin, il se serait trouvé une femme d'ici, il aurait été bien. C'est normal que la ferme revienne aux enfants, que ça soit la fille et le gendre du pépé qui s'occupent des bêtes. Le gosse a de la chance déjà. Il aura chaud avec cette veste, avec cette écharpe, avec ce tricot, avec ce pantalon, avec ces chaussures.

Il est déjà l'heure de redescendre dans la vallée, il travaille tôt demain. Les habits de pépé montent dans une petite voiture cabossée et quittent pour la première fois les hauts plateaux.

Le dresseur

C'est les trente ans d'un paysan du coin, il a invité tous les habitants du plateau, les anciens, les enfants. Ceux qui sont de passage. Tous. Ça ne fait pas beaucoup de monde, ça tient dans son salon. Il n'est pas grand, pourtant. Ils se font la bise, arrivent après la traite avec encore, dans la barbe, un peu d'odeur d'étable. Ils parlent des soucis qu'ils ont eus avec les naissances, du temps qu'il va faire, de leur tracteur qui est en panne et des ruines qu'ils ont commencé à reconstruire. Ils ne sont pas nombreux à avoir leur force de caractère, il en faut pour résister à la solitude et au climat. Ils aiment se rassembler, sentir qu'ils ne sont pas seuls, qu'il y en a d'autres, des gens comme eux. Ils boivent, chantent, certains connaissent un peu la musique, les jeunes prennent les anciens par la main pour les faire danser, pour les faire rajeunir. La gamine n'a pas le sens du rythme, elle préfère rester en bordure de la fête, sentir juste ses éclaboussures.

Ce soir, elle voit bien qu'un garçon la fixe, un qui n'est pas du coin, qu'elle n'avait pas encore croisé.

Ça y est, il vient lui parler.

Elle n'a jamais cru au grand amour, mais là, quand il lui propose de monter à l'arrière de sa mobylette, alors qu'il fait nuit noire et que ses phares ne fonctionnent pas, elle sent que c'est le bon, qu'il vient de lui tomber dessus comme la foudre sur les vaches. Fou furieux. Malade. Barge. Casse-toi sans moi si tu as envie de mourir. Et c'est ce qu'il fait, il se barre.

Le noir les absorbe, lui et sa mobylette, elle ne le connaît pas mais déjà s'inquiète de ne plus jamais le revoir. Il la laisse seule sur le bord de la route, ce taré. Enfoiré. Tu me le paieras. Elle peut bien crier, son coup de foudre est déjà loin et ne reviendra pas. Il faut qu'elle appelle sa mère pour qu'elle vienne la récupérer.

*

Elle se dit que, si personne ne le percute comme un vulgaire chevreuil, que si la nuit le recrache vivant, elle ne répondra pas au téléphone, disparaîtra elle aussi, le laissera à son tour sur le bas-côté. Mais quand il vient klaxonner devant la ferme quelques jours après, elle descend aussitôt le rejoindre.

Il lui raconte qu'il est dans la région pour se former auprès d'un dresseur de chevaux, que c'est ce qu'il veut faire depuis toujours mais qu'il vient juste de s'en rendre compte, qu'avant ça, il était en ville, qu'il bossait dans la restauration, qu'il a appris le théâtre, qu'il a joué dans quelques films, qu'il est parti sur une île reprendre un hôtel, qu'il a été ouvrier agricole, qu'il s'est occupé de cochons dans une ferme avant de se barrer avec la femme du patron mais que c'est fini entre eux. Il attrape le visage de la gamine, l'embrasse, la déshabille, la baise. Elle n'a jamais aimé les types trop romantiques, qui offrent des fleurs, qui prennent leur temps.

Elle qui change si souvent d'amoureux, là, elle vient de trouver un garçon avec assez de visages et de vies pour ne pas l'ennuyer. C'est lui, elle le sent. C'est le bon. Il lui raconte en détail comment s'y prendre avec les chevaux, comment les rendre moins sauvages et leur monter dessus.

La gamine ne lui a pas encore montré ses bêtes à elle, elle les retient fort, ne veut pas faire de crise devant lui mais elle sait qu'un jour ça arrivera.

Et c'est une bonne chose qu'il apprenne à dresser les animaux, qu'il n'en ait pas peur, et même qu'il se passionne pour ça.

*

Elle le rejoint à l'écurie, ça l'intéresse de voir comment il s'y prend avec les poulains. Il revient du pré avec un cheval alezan qui a une tache en forme d'éclair entre les deux yeux. Il montre à la gamine les techniques pour faire les nœuds sur la barre d'attache. Je vais chercher les brosses, reste avec lui, ça le rassurera. La bête dresse son encolure, se contorsionne, comme pour le suivre du regard, semble s'inquiéter quand il disparaît dans la sellerie. La gamine tente de le rassurer en lui caressant l'épaule, ça fait tout l'inverse. Elle ajoute de la peur à la peur. Ça lui fait ça aussi quand on la touche alors qu'elle ne va pas bien. Les muscles sursautent, les oreilles se couchent, on voit le blanc dans ses yeux. Là. Tout doux. La bête s'agite, frappe le sol, renâcle, se décale à droite, puis à gauche, bouillonne, envoie de la poussière. Là. Là. Là. C'est la seule chose qui lui vient. Là. Le pépé faisait ça pour calmer les vaches. Au bout de la longe, l'animal se gonfle de panique, piaffe, écume, hennit. Mais qu'est-ce qu'il fabrique ? Il lui en faut, du temps, pour aller chercher quelques brosses. La gamine s'affole. La bête se jette brutalement en arrière, tire de toute sa peur sur la longe, cherche à se détacher, à faire péter la corde. Pourquoi il ne se défait pas, ce nœud qu'ils ont fait, qui était censé ne pas résister ?

Elle hurle. Viens, putain. L'alezan transpire, l'encolure retournée, comme s'il préférait se tuer que de renoncer à être libre, que de rester attaché là, bloqué seul avec elle. Qu'est-ce que tu fais ? Viens. Il va se briser les cervicales, se renverser, se pendre. Elle n'a plus d'idée pour éviter l'accident. Alors, elle se met à chialer. Il manquerait plus qu'elle parte en crise, elle aussi.

Le garçon arrive en courant. Vite, il faut le faire avancer, il va se blesser, le con. Il agite les bras derrière sa croupe, se place au bon endroit, le caresse de la voix. Ça change légèrement l'inclinaison de ses oreilles. La bête avance enfin, un pas seulement, mais c'est assez pour donner du mou à la corde, la panique retombe. Je ne pensais pas qu'il allait tirer au renard. C'est comme ça qu'on dit. Ça fait des semaines qu'il acceptait de rester à l'attache, qu'il ne cherchait plus à fuir. La bête baisse légèrement l'encolure, signe qu'elle reprend confiance. Tu veux le brosser ? La gamine préfère regarder d'un peu loin.

On dirait qu'il ne s'est rien passé. Le poulain se laisse panser, aussi immobile et calme qu'un jouet. S'il n'avait pas encore des taches de transpiration sur les épaules et les flancs, on ne se souviendrait déjà plus que, quelques secondes avant, il voulait se rompre la nuque.

La taille-douce

La gamine pose ses mains sur son ventre, son bébé vient s'y lover. Elle se demande à quoi il va ressembler. Il s'imprime en taille-douce dans le revers de sa peau. Elle sait que l'encre se loge dans le fond des entailles, que toutes ses failles se verront sur lui. C'est par les brèches, par les blessures que les traits s'impriment, ce sont les écorchures qui font le dessin, elle aimerait les polir, les estomper un peu. Elle s'inquiète qu'il ait ses lignes fragiles, ses contours égratignés, ses crevés, ses bêtes trop noires aux mêmes endroits. Ce sera un garçon.

Il ne faudrait pas que son père à elle se surimprime sur lui, que ses acides mordent sa plaque, qu'il réapparaisse, un peu partout, par taches, en transparence, qu'on le voie trop à travers. Elle s'angoisse. Et s'il naissait sur du papier de soie, qu'un rien le froissait, le déchirait, qu'il était forcé de boire, de faire comme son père à elle ou comme le frère du pépé, pour supporter tout ça. Il sera là dans quelques mois, elle a le sentiment d'avancer sans phares, lancée dans la nuit. Elle prend de grandes respirations, son copain approche ses mains de son ventre, chantonne quelque chose de doux. Elle espère qu'il lui ressemblera, qu'il sera une variation de son père à lui, que ça ira, que ses eaux-fortes sauront améliorer ses lignes à elle, rendre moins fluets ses traits, que son vernis sera mieux passé, que ça suffira à protéger l'enfant.

Le petitou

Sur son tapis, le petitou joue avec ses chevaux de bois. Son père, au loin, travaille ses poulains. De là où elle est, le père et ses chevaux sont si lointains qu'ils font la même taille que les figurines de l'enfant. On dirait qu'ils jouent tous ensemble, que le père dresse les minuscules chevaux de bois, que le petitou range dans ses cabanes les vrais chevaux de papa. Et parfois même que ses menottes soulèvent sans peine le corps miniature de son père, comme pour le rapprocher un peu de lui.

*

C'est l'heure du dîner, le petitou escalade sa chaise pour fouiller dans le frigo.

Non, on n'en a plus. Elle a simplement dit ça. Non, on n'en a plus.

Et il s'est rempli de colère. Elle l'a vu s'effondrer sur le carrelage, devenir rouge, hurler, cogner, emmêler son souffle dans ses pleurs, ses pleurs dans son souffle. Je veux du saucisson. Je veux du saucisson. Du saucisson. Du saucisson. Je veux du saucisson. C'est la première fois qu'il se met dans un tel état. Si elle tente de le raisonner, qu'elle interrompt sa ritournelle, sa colère accélère, il ne reprend plus d'air entre les phrases et envoie jambes et poings contre le vide autour de lui. Alors la gamine lui raconte qu'elle aussi, à son âge, elle avait pleuré très fort parce qu'elle voulait du raisin blanc et qu'il n'y en avait plus. Qu'elle avait tapé pendant des heures contre la porte de sa chambre en criant. Je veux du raisin blanc. Je veux du raisin blanc. Mais que ça n'avait rien changé.

On dirait que ça le calme, son petit, de l'écouter, qu'il oublie le saucisson et remet son souffle dans le bon ordre. Mais, l'histoire finie, il s'effondre à nouveau sur le carrelage froid en criant. Je veux du raisin blanc. Je suis désolée, ce n'est pas la saison. Je veux du raisin blanc. Du raisin blanc. Je veux du raisin blanc. Du raisin blanc. Du. Raisin. Blanc. Il faut sans doute y entendre : je veux de l'attention. De. L'attention. Il n'y a pas de saison pour cela, la gamine le sait, le serre fort contre sa poitrine, consolant son enfant, et dans le même geste la petite fille qu'elle est encore.

*

Quand elle est devenue maman, la gamine, elle s'est demandé si elle serait assez solide pour offrir de la stabilité à son fils. Elle a très peur de le faire s'enliser dans ses tourbières, de lui offrir une vie sur un sol gorgé d'eau. Elle a l'habitude de marcher dans les narses, sur ces immenses éponges, de sentir le paysage lui ôter ses bottes, l'attraper, faire son possible pour la retenir, pour l'empêcher de se sauver. Ça glisse, ça se dérobe, ça fait boiter, ça fait tomber. Pourquoi tu veux toujours couper à travers les pâturages, tu sais bien que ça va plus vite par la grande route ? Elle le sait, que c'est une mauvaise idée de traverser les tourbières, d'aller se perdre sur un sol mouvant, sur une terre qui ne sait pas la soutenir. Ça se voit, de loin, que ça va être dur de marcher là où l'herbe n'est plus pareille, là où il y a des joncs, des droseras, des œillets. Elle le sait mais ça ne l'arrête pas, la gamine. Elle a appris à les parcourir, à ne plus s'y vautrer, à se laisser caresser par le sol. Quand elle serre son fils contre elle, toujours, elle pense aux fondrières. Son amour, aussi, est gorgé d'eau. On s'y embourbe, on pourrait s'y noyer. Elle espère qu'il saura s'en défaire. Il faut qu'elle lui apprenne à traverser les narses, à ne pas se laisser piéger dans la tendresse du sol, à sentir l'amour gluant autour de ses mollets, à ne pas l'autoriser à gagner. Il faudra qu'elle lui montre comment sortir des tourbières pour que, comme elle, il puisse aimer y retourner. Pour que, comme elle, il préfère les parterres collants aux indifférents.

Elle sait qu'il faut faire attention avec l'amour, que c'est dangereux quand ça accroche trop. Elle se souvient d'avoir tué des lapins. Pépé l'avait prévenue pourtant. Si tu les touches, la mère n'en voudra plus, ça va les stresser, leur donner la diarrhée. Mais la gamine, elle avait trop d'affection à donner, ils étaient si doux, si petits, faits pour tenir entre ses doigts. Elle n'avait pas voulu croire que sa tendresse pourrait tuer, elle avait passé la journée à les caresser. Les petites boules de poils ne pouvaient plus s'extraire de ses mains, s'engouffraient dans son amour comme ses bottes dans l'eau.

Le lendemain, le pépé les a trouvés crevés. Ça ne bougeait plus, c'était tout froid, tout dur, c'était son amour qui avait fait ça. Il avait fallu les jeter dans les éboulis de pierres, les faire disparaître entre les cailloux. Ce sont des choses qui arrivent. Le pépé avait expliqué qu'il avait tué des bêtes, aussi, en donnant trop de luzerne, qu'il pensait leur faire plaisir, mais que quand c'est trop riche, parfois, le corps ne supporte pas.

Elle espère ne pas lui faire de mal à son fils, ne pas l'engloutir dans son amour marécageux. Mets ton pied ici, cherche les mottes, prends ton temps. Voilà. C'est pas grave d'avoir une jambe dans l'eau. Dis-toi que c'est le paysage qui essaie de t'aimer, qui te demande juste de rester encore un peu. N'essaie pas de courir, je vais t'apprendre. Accroche-toi à Maman, colle-toi bien, je ne vais pas te lâcher, on ne va pas tomber.

Le papi

Le petitou dit qu'il veut voir son papi. C'est comme ça qu'il appelle le père de la gamine. Elle lui répond que ce n'est pas possible, qu'il est mort avant qu'il naisse. Il dit que papi est dans l'armoire, et il ramène l'album photos.

Papi qui marche dans la forêt, papi qui la porte sur ses épaules, papi qui se baigne, papi qui fait de la mobylette, papi qui a attrapé un poisson.

Il est tout chagriné de ne jamais l'avoir connu. Il voudrait avoir le droit de le toucher sans qu'on lui dise qu'il va le corner, sans que ses doigts laissent des traces sur le papier trop brillant. Il voudrait voir son papi, son papi bouger, son papi vivant, pas tout petit, pas immobile, pas rangé dans des pochettes, dans des albums, dans des tiroirs.

Alors il pleure et rien ne peut le calmer. Si, il y a bien une chose qui le console mais elle n'aime pas tellement y jouer. Il lui demande de faire semblant, de devenir son papi, de prendre sa voix, son allure. Et lui, il y croit, il la prend par la main, lui fait visiter sa maison. Tu vois, Papi, là, c'est ma chambre, et mes jouets. Il faudrait que je te montre mon jardin aussi, Maman dit que tu avais un beau potager. Là, c'est mes tomates, et là, mes courgettes, tu veux manger une fleur de bourrache ? Attention de ne pas glisser. J'aimerais que ça soit toi, Papi, qui me couches ce soir. D'abord, il faut me lire une histoire, et puis, ensuite, je resterai un peu sur tes genoux. Je te montrerai comment elle fait, Maman. Elle me caresse la joue, elle fredonne doucement. Mais si, tu vas y arriver. Dans le noir de la chambre, il y croit, son petit garçon, il est convaincu que c'est son papi qui lui caresse la joue. Si tu avais fumé moins de cigarettes et bu moins de bières, tu aurais pu me connaître. C'est dommage. C'est dommage, oui.

Et elle le pose dans le lit, remonte sa couette. D'habitude, il se met sur le côté, et elle entend sa respiration changer, il dort. Mais ce soir, il s'emmêle dans la couette, plie et tend ses jambes, plie et tend ses bras, se gratte les cheveux et se relève. Papi, est-ce que tu veux bien appeler Maman ? Je préfère que ça soit elle. Elle sort de la chambre, revient avec sa vraie démarche, sa vraie voix, et aussitôt la respiration du petitou change, il dort.

C'est vrai qu'elle ressemble à son père, qu'il y a des petites choses de lui qu'elle peut donner à son fils. Ses yeux et ses mains, la forme de ses doigts, celle de ses orteils. Sa peau aussi, sa couleur, sa texture, sa façon de vieillir, de se plisser. La longueur de ses jambes, leur galbe.

Mais le jour où elle est tombée enceinte, elle a commencé à ressembler à sa mère. Avant même de faire le test de grossesse, elle avait remarqué que ses traits changeaient, qu'une autre se dessinait sur elle. C'est une chose qu'elle avait souvent notée chez ses copines, cette métamorphose au moment de devenir mère.

Quand elles s'assoient toutes les trois sur le muret devant la ferme, elle, sa mère et la mémé, ça se voit qu'elle se transforme en sa mère, et sa mère en la mémé, et la mémé en celle qu'on appelait mémé avant. Ça fait comme un dégradé.

Plus elle vieillit et plus les traits de son père s'estompent. Il faut qu'il en profite, son fils, avant qu'elle n'ait plus rien de son père en elle, qu'elle ne puisse plus jouer à devenir lui.

*

S'il veut voir son papi, il faut qu'il aille derrière la ferme. Il y a un pin maritime, juste à l'entrée de la forêt de sapins. On dirait qu'il s'est perdu en montagne, qu'il frissonne, que son tronc grelotte, qu'il se divise en branches, en écharpes d'écorces pour mieux se tenir chaud, pour s'emmailloter lui-même. Ses rameaux se pelotent. Il détonne, cet arbre gris, à laisser dégouliner sa solitude et sa sève à l'entrée du bois. C'est pour ça que la gamine a voulu qu'on répande les cendres de son père là, à ses pieds. Les autres arbres sont tous pareils, rendus invisibles par ce saugrenu. Quand on est à côté, on a l'impression que ses branches vont venir nous consoler, qu'elles sont faites pour étreindre. Ses aiguilles piquent un peu, c'est vrai, mais elle piquait aussi, la barbe de son père. Il est mort à l'entrée de l'automne, on l'a dispersé là, à l'entrée du bois. Une poudre, une nuée, du pollen. Ça ne lui disait rien d'aller se serrer au cimetière contre une famille qui ne l'aimait pas. C'est derrière la ferme qu'il voulait être, ça ne s'explique pas. Quand le repas était prêt, on savait où aller gueuler pour qu'il vienne manger. La petite courait derrière la ferme, l'attendait sous le pin, c'est déjà là qu'ils se donnaient rendez-vous, qu'il lui montrait ses sachets remplis de bolets, de girolles, de morilles. Chaque automne, la gamine caresse méticuleusement la mousse, fouille le sol autour de l'arbre, elle cherche son père comme les champignons, elle aimerait le retrouver, s'en faire une omelette mais rien ne pousse entre ses racines nerveuses. Sauf au printemps, où ça devient tout blanc, où ça se couvre de crocus, où c'est plus fleuri encore que les caveaux du cimetière. Son père est mort avant d'avoir des cheveux blancs, on dirait pourtant une chevelure, une barbe qui dépasse légèrement du sol, qui nous rappelle, chaque année, qu'un homme dort là. Elle ne rate jamais ce moment où l'ombre du pin devient blanche, se met à sentir si bon. Elle n'ose pas cueillir les crocus, marcher dessus, les caresser, elle craint que ça lui fasse mal, elle préfère le regarder d'un peu loin, ne pas le déranger.

Sa mère aussi vient s'y recueillir mais elles n'y vont jamais ensemble, elles s'y prennent trop différemment avec le chagrin. Ça se voit que sa mère est passée, que les grands bras du pin l'ont réconfortée, que la branche de droite s'est enroulée autour de sa tristesse, elle reconnaît dans son creux, sa corpulence ; elle se demande si, quand elle pleure, elle ose s'agenouiller dans les crocus. Certains ont été piétinés. Mais c'est peut-être pas elle, c'est sans doute les vaches.

La gamine avait fixé une planche avec le nom, le prénom de son père et aussi ses dates de naissance et de mort, elle avait voulu faire comme sur les tombes. Pour que les promeneurs sachent, pour que personne n'ait l'idée de venir pisser contre ce tronc-là, pour que ça soit écrit quelque part, son existence. Elle avait mis des clous, même si le pépé disait que ça tuait les arbres, elle avait pris le risque. Ça l'avait fait cracher de la résine, ça avait collé, greffé sa pancarte dans l'écorce. Elle n'avait pas pensé que les vaches viendraient se gratter là, contre le bois, que ça leur ferait autant de bien, entre les cornes, derrière la queue, les angles de son panneau. Ça serrait le cœur de voir le tronc avec une aussi grande plaie. Sous la croûte grise, c'était brun, c'était rouge, ça pissait la sève, c'était plein de poils d'hiver, c'était l'indélicatesse des vaches qui avait osé ça. Le nom de son père avait valdingué plus loin, sous un mauvais arbre. Sa mère voulait qu'on le raccroche, qu'on le répare, qu'on mette une clôture pour que ça ne recommence pas mais personne n'a jamais trouvé le temps de s'en occuper.

Il est encore plus détonnant, cet arbre, avec son énorme cicatrice en relief, avec cette tache rousse au milieu de tout ce gris. Le même roux que les cheveux de son père.

*

Le petitou demande souvent à y aller pour voir si son papi est venu récupérer les bouquets de fleurs qu'il dépose dans ses racines. En revenant, sur le sentier, il trouve des cailloux, les plaque contre son oreille. On l'entend discuter, raconter sa journée. C'est un caillouphone pour appeler les gens qui sont morts ! Tu veux parler à papi ? Allô ? Allô ? Il a raccroché. Peut-être que ça marche qu'avec les enfants. Papi, il dit qu'il n'a plus mal depuis qu'il est mort mais qu'il ne peut pas revenir maintenant qu'il va bien. C'est embêtant.

Une fois à la maison, on pourrait le dessiner. Il va chercher une feuille qui a le format des choses importantes. Il commence par faire un visage qui a des oreilles, des yeux qui ont des sourcils, une bouche qui a de grandes dents. Il a l'air méchant, mon papi, je vais recommencer. D'une autre couleur, il trace un nouveau visage qui vient dessus par chevauchement, celui-ci a l'air bien plus gentil. Tu as raison, il était exactement comme ça ton papi. Avec plusieurs figures, avant et après avoir bu.

*

Maman, je voudrais que tu redeviennes petite, comme sur les photos avec papi. La gamine fait mine de ne pas entendre.

L'horloge ne tient plus l'heure, elle avance moins vite que le vrai temps, s'arrête parfois complètement. On la remonte chaque matin. Une belle comtoise comme ça, fabriquée par le pépé, même si ça confond l'heure, ça tient compagnie dans une maison. Un corps en bois, tout droit, dans l'angle de la pièce.

Le petitou insiste, il aimerait que sa mère redevienne gamine, qu'ils aient le même âge pour pouvoir jouer. C'est pas possible. Mais si. Remets-toi petite, redeviens comme moi. Ils s'entendraient bien sans doute si elle pouvait reculer jusqu'à ses trois ans, devenir son amie, sa sœur jumelle.

Les aiguilles de l'horloge, même de celle-là, qui peinent à avancer, ne reculent pas. Si elle se remettait petite fille, il n'existerait pas. Je retournerais dans ton ventre, c'est ça ? Même pas. Mon papi serait encore là ?

Devant la grande horloge qui fait tout pour rendre plus long le temps, ne plus faire vieillir les gens, le petit demande à sa mère de se mettre à genoux. Avec sa main, il les mesure, ils font la même taille, exactement : le même âge.

L'héritage

C'est l'oncle qui racle la rangée de droite. La tante, celle de gauche. Sans se parler, ils s'appliquent à récurer l'étable, à pousser les bouses entre les grilles, à les faire tomber en dessous. C'est pénible, ça fait souffrir le dos, et les épaules aussi. Il suffit de regarder la tante pour voir comme sa colonne a été modelée par le labeur, courbée en avant, penchée sous les bêtes, même une fois la journée finie. Mais il y a quelque chose de satisfaisant à faire disparaître la merde, à brosser activement la dalle. Splatch, ça tombe en dessous. Ils ont l'impression de débarrasser le quotidien de sa crasse, de se laver les pensées, de faire tomber entre les grilles toutes les emmerdes. Splatch.

La tante n'aime pas écouter les informations. Le vieux poste, suspendu sur la poutre de l'entrée, est réglé sur Nostalgie. Je vous assure que ça rend le métier plus facile, ça aide à attendre la retraite, ça soigne les douleurs. La radio diffuse les tubes de leur jeunesse, ils connaissent les paroles par cœur. Là, ma belle, décale-toi un peu. Même les vaches, elles aiment ça, quand ils se mettent à chanter, à se déhancher comme ils le faisaient dans les bals à l'époque où ils se sont rencontrés. Ils poussent leurs flancs, vont chercher entre leurs pattes ; elles se décalent pour laisser passer les manches. Que tu es brave ! C'est bien, ma fille. L'oncle n'oublie jamais de leur donner une petite tape avant d'éteindre l'étable, de retirer sa cotte et ses airs de jeunesse. Ce soir, ils se coucheront tôt, il s'est bloqué le dos.

*

Le petitou lève le bras. La mémé lève le bras. Il se gratte la tête, elle se gratte la tête. Il tire la langue, elle tire la langue. Il rigole, elle aussi. Il saute en l'air, elle ne peut plus faire ça. C'est pas qu'elle ne veut plus jouer avec lui, ça l'amuse de le singer, de se voir en lui, de devenir son reflet. Un reflet avec quatre-vingt-neuf années d'avance, ça fait de son mieux mais ça ne peut plus toucher ses pieds, plus sautiller. Il ferme les yeux, elle ferme les yeux. Il touche son nez, elle non : elle a toujours les yeux fermés. Il rigole, elle rigole. Il lui demande pourquoi elle a tous ces traits sur le visage. Elle lui fait répéter, elle n'entend plus très bien. Pourquoi tu as des traits sur le visage ? Elle regarde les joues, le front du petit, comme si elle s'examinait dans un miroir. Elle ne voit rien pourtant qui ressemble à des rides.

Le visage de la mémé est patiné par le vent et le soleil, ses hanches rembourrées par le fromage et la bonne viande de la ferme. Le paysage déborde sur elle, elle n'aurait pas pu vivre ailleurs. Elle a la même silhouette que le prunier du jardin, celui qui croule sous trop de fruits, qui s'affaisse sous le poids de sa générosité. Ses bras, son dos, ses jambes sont fatigués d'avoir passé toute une vie à donner. Elle en a élevé, des gamins : les siens et ceux des autres.

Pendant des années, elle a pris soin des bêtes et de la terre sans jamais faire de manières.

Quand elle reçoit, pour le café, des amies de la ville, elle trouve qu'elles sont bien mises, qu'à côté elle ne ressemble à rien. Pourtant c'est tout l'inverse. Leurs beaux souliers, leurs lèvres trop rouges, leurs fanfreluches autour du cou, leurs breloques aux poignets font ressortir la beauté de la mémé. Sa vieillesse ne fait pas diversion, elle se montre sans mentir et démasque toutes les autres. Elle, elle ne cherche pas à rester jeune, elle sait qu'au bout d'un moment la vie tue. Tant qu'elle peut encore habiter dans sa ferme, se débrouiller pour le quotidien, elle dit qu'elle voudrait bien durer encore un peu. Le pépé avait davantage peur de mourir, c'est sûrement pour ça qu'il a eu besoin de perdre la tête, pour perdre la peur aussi. Elle, elle n'a aucune crainte, elle a déjà dépassé l'âge de ses parents, elle a bien vécu ; elle ne regrette rien et ne reviendrait pas en arrière.

Tous les jours, quel que soit le temps, elle part faire un petit tour pour aérer sa tête et entretenir son âge. Elle se traîne jusqu'au bout du potager, c'est déjà bien. Il faut dire qu'elle est tombée une ou deux fois, elle n'est plus assez leste pour se relever seule. Elle s'est imaginé passer la nuit dehors, la figure dans la terre. Heureusement que le cousin arrivait en voiture, que le bleu électrique de son tablier a attrapé son regard, qu'il a couru la remettre debout et la rassurer. Heureusement. Depuis elle fait de tout petits pas, pour faire durer la vie, pour ne pas arriver trop vite à la fin. Elle raccourcit ses promenades, ça lui laisse le temps de mieux observer. Elle n'a pas besoin d'aller loin pour compter les buses, surprendre des renards, signaler les arbres fendus par la foudre.

Elle s'éloigne juste assez pour voir la bâtisse en entier. Quand on est devant, la ferme est trop longue pour tenir dans le regard, il faut tourner la tête pour réussir à balayer toute sa façade, ça lui fait mal aux cervicales. Elle fait demi-tour avant le virage, à l'endroit où on a le meilleur point de vue. Mais aujourd'hui la ferme est ensevelie sous un épais brouillard, l'horizon a disparu. On a flouté sa vie, on a frotté ses doigts sur le tableau aux pastels secs, on a mêlé les couleurs et les formes. Même ses pieds se gomment par intermittence, ses jambes disparaissent, elle avance à l'aveugle dans le paysage gris. Normalement la ferme est juste là, elle sent, sous ses semelles, le changement de sol, elle vient d'arriver sur la terrasse en lauzes, n'a plus qu'à tendre ses bras pour ouvrir la porte d'entrée.

*

Heureusement que le pépé n'est plus là pour voir ça.

L'étable n'a jamais été aussi bien récurée. Les maquignons sont venus chercher les dernières bêtes il y a quelques jours. L'oncle et la tante ont bien mérité leur retraite, ils ne gagneront pas grand-chose, ils le savent, mais ils n'auront plus le souci des vêlages, plus à s'inquiéter de la météo, à s'user en faisant les foins. Il y a des années déjà que leur dos, leurs épaules, leurs hanches les supplient d'arrêter. Mais vous croyez que c'est facile, de voir partir les bêtes, d'avoir personne à qui confier sa ferme ?

Ils ne peuvent pas en vouloir à leurs enfants. Ils les comprennent. Ils reviennent les week-ends quand ils n'ont pas trop de travail. Pour les vacances aussi. Avant qu'ils redescendent dans la vallée, les parents leur remplissent le coffre. On dirait qu'ils essaient de faire rentrer la ferme dans des glacières, qu'ils veulent que les enfants emportent avec eux, en petits morceaux, une partie du troupeau. Ils n'avaient pas la vocation, ils n'auraient pas été de bons paysans même s'ils sont attachés au pays.

Ils ont eu raison de faire construire des maisons bien confortables, bien chauffées, plus proches de la ville. Des maisons juste pour eux qui n'existaient pas avant, qui n'ont aucune histoire. La ferme, ils la gardent dans leurs souvenirs et dans leur congélateur. Un cheptel coupé en tranches, rendu abstrait, des bêtes en bloc, alignées dans les bacs, comme dans une étable. Un héritage dans des barquettes, dans des sachets, qu'ils décongèlent, réchauffent et avalent en vitesse pendant leur pause déjeuner.

Ici, le climat est trop rude, il n'y a plus aucun voisin, les gens louent les terres mais vivent dans les vallées où tout est plus commode, les enfants n'ont fait que suivre le mouvement.

Il faudrait construire des bâtiments autrement, repenser toute la ferme, mettre les bêtes en tête à tête pour économiser les gestes au moment de nourrir, investir dans du matériel, encore. Sinon, ce n'est pas une vie. Ils répètent ça souvent. Que ce n'est pas une vie de reprendre une ferme comme la leur. N'empêche qu'il a chialé, l'oncle, quand il a fallu faire monter ses bêtes dans le camion. Il a chialé parce que, même si ce n'est pas une vie, c'était toute la sienne, il a aimé s'occuper de ses vaches, vivre en fonction d'elles. Il n'aurait rien pu faire d'autre.

Le pépé disait toujours que, le jour où il n'y aurait plus de bêtes, ça ne serait plus vivable. Il a eu la chance de mourir avant. Et la mémé répète en boucle depuis que l'étable sent si bon : heureusement que le pépé n'est plus là pour voir ça. Les mains posées sur ses cannes, elle avance à tout petits pas, regarde les rangées d'abreuvoirs vides, donne quelques restes aux chats et baisse la tête. Heureusement que le pépé n'est plus là pour voir ça. Elle n'ose pas dire qu'elle est triste elle aussi, ça se sent pourtant. Elle n'arrête pas de se mettre en colère, c'est sa façon à elle de pleurer. Sa façon d'être forte.

Heureusement que le pépé n'est plus là pour voir ça. Heureusement qu'il ne saura jamais que ses petits-enfants sont tous partis travailler en ville, qu'ils ont été capables de lui faire ça. Ne pas reprendre la ferme. Ne pas continuer l'histoire. Refuser d'hériter des bêtes et de la vie qui va avec. S'il n'était pas mort, ça l'aurait tué.

*

Assise dans le noir de l'étable, la gamine se dit que, sans ses vaches, la ferme ne se ressemble plus. Heureusement qu'elle a pensé à photographier les petits veaux l'hiver dernier, les rangées de culs, le bâtiment rempli. Faire des photos, c'est une chose qu'elle aime. Elle avait prévu de se consoler en regardant ses clichés mais ça ne marche pas. Elle leur en veut, les accuse d'être aussi silencieux et propres que l'étable, de ne pas avoir su retenir les meuglements, les bruits de sabots, de bouse, les odeurs d'urine, de transpiration, de foin. La ferme est vide, comme une dent creuse. Une coquille sans sa bestiole dedans. Une famille qu'on aurait trop taillée, sans plus aucune branche pour continuer l'histoire.

Elle, elle aurait aimé reprendre la ferme, ne pas mettre le pépé en colère, ne pas le tuer une seconde fois. Mais comment aurait-elle pu garder les vaches ? Vous l'avez vue, avec sa taille trop fine, avec ses bras qui ne savent travailler, avec ses émotions qui ne se savent se tenir. À part noter des choses dans ses carnets, elle ne sait rien faire. Elle n'aurait jamais pu envoyer un animal au boucher. Même les bêtes qui sont en elle, elle est trop douce pour leur faire du mal, pour les tuer, elle pourrait les éduquer au moins. Elle les laisse se reproduire, faire des tours et des tours dans sa tête, venir cogner dans sa poitrine comme contre la tôle d'une bétaillère. Un troupeau d'agressivité qui arrache les barres d'attache, écume, se jette sur elle, la charge de toutes ses cornes. Elle devient la bête qui ne sait plus parler, qui se frappe le visage, qui se fracasse contre les embrasures des portes, qui s'étrangle dans ses sanglots et tombe, éreintée, sur le sol.

*

Tu es le seul cheval que je ne réussirai jamais à dompter. Il lui dit ça à la gamine, son copain. Certainement pour la réconforter de faire encore des crises à son âge.

Un cheval dressé, c'est un dessin terminé, une ferme vidée, ça ne présente plus d'intérêt. C'est son travail, de finir les chevaux, de les rendre à ceux qui les aiment comme ça, qui sont rassurés de savoir qu'ils ne bougeront pas, qu'ils n'ont plus assez de vie pour les foutre par terre. Lui, ce qui l'intéresse, c'est de se confronter au sauvage, de caresser l'explosif, de réussir à s'asseoir sur l'imprévisible ; et quand il y parvient, c'est sans faire dans le sentiment qu'il rend le poulain à son propriétaire, pressé de le remplacer par de nouveaux. C'est comme s'il rembobinait sans cesse le film, qu'il regrettait de les avoir rendus si sages, qu'il fallait vite remonter les images à l'envers pour restaurer leur fougue. Prendre le dessus, ça le rassure et en même temps il a besoin que ça résiste, rien ne l'ennuie plus qu'un poulain trop facile. Il aimerait dresser l'indomptable. Avoir comme rêve une contradiction, c'est pas facile, ça le tiraille souvent, il s'en veut. Il dit qu'il n'est qu'un assassin, qu'il tue plusieurs poulains par an comme les parents tuent l'enfance en voulant éduquer. Même leur fils, le petitou, il trouve qu'ils le tuent en l'aidant à grandir. S'il aimait vraiment les chevaux, il les laisserait tranquilles, il répète ça souvent. Il les laisserait dans leur pré, il se contenterait de les regarder.

Il fait de son mieux pour aider la gamine à rassembler ses peurs, il leur court après comme le ferait un chien de troupeau, les aligne et les range quelque part, dans la manière noire de ses arrière-pensées. Elle met des manches longues pour cacher ses bleus en attendant que ça se gomme, que ça s'oublie. Et que ça recommence. Ça finit toujours par recommencer.

Comment aurait-elle pu s'occuper de la ferme ?

Les gens du coin ont raison.

Son copain aurait pu s'y installer, la remplir de chevaux, mais personne ne serait venu jusqu'ici, au bout du monde, il n'aurait pas pu se faire de clientèle, et ça aurait été délicat de réécrire l'histoire, de remplacer les vaches par des canassons, comme ils disent. On n'aurait plus reconnu le modèle.

Malgré elle, la gamine, c'est sans doute la seule à avoir gardé des bêtes, à vivre encore avec, à entendre ruminer et meugler derrière son quotidien. À avoir dans la tête des animaux aussi sauvages que les chats qui copulent au grenier, qui vous volent au visage si vous vous en approchez.

*

Le petitou installe des barrières tout autour de sa mère. C'est pour pas que je parte ? À moins que ce soit pour retenir mes bêtes, c'est ça ?

Avec sa robe à fleurs, on dirait la prairie. Les petites mains cherchent un endroit plat, terrassent avec leur paume, vers son nombril, juste avant le dévers de ses côtes, là. Ne bouge pas, surtout, ne bouge pas. Je reviens. Quelques barres en bois, un triangle pour le toit. Tu reconnais ? C'est la ferme de la mémé. Ses seins dessinent des sucs. Voici qu'il revient les bras chargés d'animaux. Des vaches immenses avec des taches, d'autres plus petites. Ça fera comme si elles étaient au loin. Il en installe sur ses épaules, dans ses vallons, dans ses drapés fleuris. Elle aimerait se lever pour voir si ça rend bien mais, quand on est le paysage, on ne peut ni bouger ni se regarder de loin. Alors, elle reste allongée sur le sol, attend que les vaches aient fini de brouter sa longue robe, que son petitou ait réussi à rassembler toutes ses bêtes.

Il prend la voix du pépé, les hèle en patois. Ne bouge pas, tu es l'herbe, tu es le sol, souffle un peu pour faire le vent. Quoi ? Le paysage me parle ! Non, ce n'est pas l'heure du bain. Je dois encore passer le tracteur. L'enfant fait vibrer ses lèvres et roule sur les cheveux de sa mère, les entortille, fabrique des bottes de foin.

Les petits doigts pincent le tissu comme pour y cueillir des fleurs. Voilà. Ça fera plaisir à mon papi ! On va dire que son arbre est ici. Et il dépose délicatement un bouquet imaginaire sur le sentier que délimite sa clavicule. Non, pas le bain. Je veux aussi en ramasser pour le caveau du cimetière. Les doigts potelés sélectionnent les myosotis, les rassemblent et les posent là, à l'orée de sa taille. Comme si toute la famille avait été enterrée dans sa chair, que le pépé, le frère du pépé, ceux d'avant encore dormaient quelque part dans les sillons de sa peau.

La gamine se lève pour emmener le petit au bain.

C'est la crise.

Elle a renversé son histoire, a laissé s'échapper toutes les bêtes.

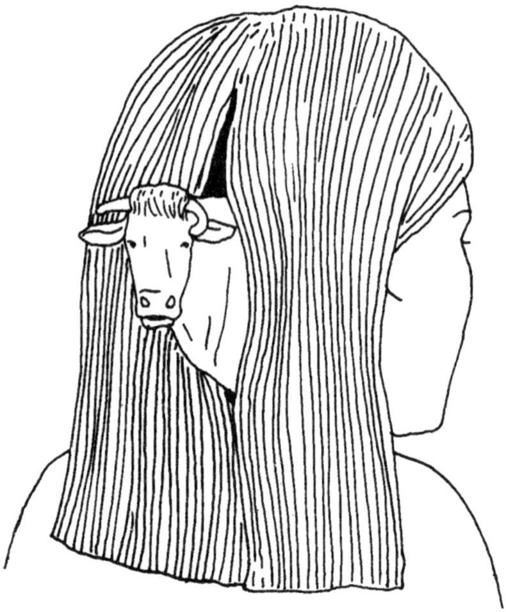

Tous mes remerciements vont à Lucien, à Augustin,
à Tony, à Margaux et à Edwige.

Composition : IGS-CP à L'Isle-d'Espagnac (16)
Achevé d'imprimer par Normandie Roto Impression s.a.s.,
le 10 novembre 2023
Dépôt légal : décembre 2023
Numéro d'imprimeur : 2304547

ISBN : 978-2-07-302581-4 / Imprimé en France

597992